Levent Kırca

28 Eylül 1950 yılında Samsun'da öğretmen bir anne ve ressam bir babanın oğlu olarak doğdu. Türk komedyen, tiyatro-sinema oyuncusu ve *Aydınlık* gazetesi yazarı. İlk kez 1964'te Ankara Devlet Tiyatrosu'nda sahneye çıktı. Ankara Birlik Sahnesi, Halk Oyuncuları ve Orhan Erçin Tiyatrosu'nda çalıştı. "Nasreddin Hoca Oyun Treni", "Siz Olsaydınız Ne Yapardınız?", "Bu Oyun Nasıl Oynanmalı?", "Sağlık Olsun!", "Ne Olur Ne Olmaz" gibi televizyon dizilerinin yapımcılığını üstlendi. 1978'de *Altınşehir* adlı filmle sinemaya geçti. Arzu Film-Ertem Eğilmez ile Atıf Yılmaz'ın yönettiği *Ne Olacak Şimdi* ile *Mavi Muammer* adlı filmlerde oynadı. Hodri Meydan Topluluğu adlı tiyatro grubunu kurdu. "Gereği Düşünüldü", "Güzel ve Çirkin", "Sefiller", "Üç Baba Hasan", "Kadıncıklar" ve "Ateşin Düştüğü Yer" adlı oyunları sergiledi. 1988'de başlayıp 21 yıl süren "Olacak O Kadar" adlı televizyon programını hazırladı. 200'ün üzerinde ödül aldığı bu program, AKP Hükümeti tarafından yayından kaldırıldı. İlk sinema yönetmenlik denemesini *Son* adlı filmle yaptı. Daha sonra *Şeytan Bunun Neresinde* adlı filmi yönetti. Yapımcılığını üstlendiği, Oğulcan Kırca'nın yönettiği *Son İstasyon* adlı film, 2010 yılında Alaska Anchorage International Film Festival'de Uluslararası En İyi Türk Filmi Ödülü'nü kazandı. 1998 yılında Kültür Bakanlığı'nca verilen Devlet Sanatçısı unvanını aldı. Sanatçının, ikisi ilk eşinden, ikisi de ikinci eşinden olmak üzere büyükten küçüğe Oğulcan, Özdeş, Umut ve Ayşe adlarında dört çocuğu bulunuyor. Saint Petersburg Balmumu Heykelleri Müzesi'nde heykeli bulunan nadir Türk sanatçılarındandır. Türk tiyatro kültürüne büyük katkılar sağlamış usta bir tiyatrocu ve çok iyi bir ressamdır. Halen "Azınlık" adlı politik bir oyun oynamaktadır. Bu oyun; Türkân Saylan En İyi Oyun Ödülü, Prof. Cüneyt Gökçer Ödülü, İsmet Küntay En İyi Erkek Oyuncu Ödülü de dahil toplam yedi ödül almıştır.

Kırmızı Kedi Yayınevi: 165
Güncel Dizi 1

Önüm Arkam Sağım Solum Dönek
Levent Kırca

© Levent Kırca, 2012
© Kırmızı Kedi, 2012

Kapak Resmi: Kamil Çakmak
Kapak Uygulama ve Grafik: Yeşim Ercan Aydın
Son Okuma: Sabiha Şensoy

Tanıtım için yapılacak kısa alıntılar dışında, yayıncının yazılı izni alınmaksızın, hiçbir şekilde kopyalanamaz, elektronik veya mekanik yolla çoğaltılamaz, yayımlanamaz ve dağıtılamaz.

Birinci Basım: Kasım 2012
İkinci Basım: Şubat 2013
ISBN: 978-605-5340-73-5
Kırmızı Kedi Sertifika No: 13252

Baskı: Pasifik Ofset
Cihangir Mah. Güvercin Cad. Baha İş Merkezi B Blok
Haramidere-Avcılar İSTANBUL T: 0212 412 17 77
Pasifik Ofset Sertifika No: 12027

Kırmızı Kedi Yayınevi
kirmizikedi@kirmizikedikitap.com / www.kirmizikedikitap.com
Ömer Avni M. Emektar S. No: 18 Gümüşsuyu 34427 İSTANBUL
T: 0212 244 89 82 F: 0212 244 09 48

Levent Kırca

ÖNÜM ARKAM SAĞIM SOLUM DÖNEK

YAZILAR

KIRMIZIKEDİ

Ayşe, Umut, Özdeş ve Oğulcan'a

Hayati Asılyazıcı ve Öner Ciravoğlu'na teşekkürler.

Önsöz

Levent Kırca denince ne geliyor aklınıza?
Tiyatro?.. Televizyon?.. Komedi?.. Bıyık?.. Sempati?.. Bir tebessüm mü oluştu yüzünüzde?.. Tevazu?..
Bunlar bir insanı gerçek sanatçı yapar mı? Hayır hayır... Ben bir kavramdan bahsediyorum.
Nedir gerçek sanatçı? Sanatın ve sanatçının yanına niçin bir de "gerçek" kelimesi ekleme gereğini duyuyoruz?
Hani "insan gibi" deriz ya; evvela insandır Kırca. Bu ülke topraklarına gözlerini açmış, yine bu ülke topraklarına, halen yaşadığı 62 yılda dürüstlüğünü, onurunu, tevazusunu çıkmamacasına kazımış "bir insan", "gerçek" bir sanatçıdır.
Bir aralar yumurta mı tavuktan, tavuk mu yumurtadan çıkar diye bir muhabbet vardı. Neredeyse aynı şekilde, sanat sanat için mi, yoksa toplum için mi yapılır tartışması sürdü gitti uzun süre.
Düşünün; sizin belirlediğiniz bir kriterde, sizin sanat dediğiniz bir işle iştigal ediyorsunuz. Kendi başınıza yapıyor, kendi başınıza bakıyor, kendi kendinizi alkışlıyorsunuz. Ama bu, başkalarına hiçbir şey ifade etmiyor.
Bir de düşünün; hayatın içinde, damarlarınıza nüfuz etmiş, zayıfların gücü, konuşamayanların sesi olmuş, halkını peşine takmış, onların soluğu olmuş birini... Ve bunları tiyatroyla, televizyonla, komediyle, sempatisiyle, tevazusuyla gerçekleştirmiş "gerçek bir sanatçıyı"... Hem de silah olarak dünyanın hiçbir ordusunda bulunmayan en güçlü silahı, "mizahı" seçmiş birini.

Evet; tartışmadan net cevap olarak, "Sanat toplum için yapılır" diyen Levent Kırca kavramından bahsediyorum.

Sanatın, toplumun kültür ve eğitim seviyesine göre standardı vardır. Sanatçının da dereceleri vardır. İyi bir maymun taklidiyle insanları güldürene de sanatçı diyorlar, dört notayı yan yana getirene de, gaz çıkararak şişe devirene de, günümüz dizilerinde karşıya bakarak replikleri okuyana da sanatçı diyorlar. Kâğıda tek satırla dağ çizip, M harfinden martı yapanın da kendini ressam zannetmesi bundan, aynanın karşısında sevdiği karakterin bir cümlesini söyleyebilenin de kendini artist sanması bundan, kaşı gözü düzgün olanın kendini oyunculuk ajanslarına atması da bundandır.

En basit örnekle; çoksesli müzik gürültü gibi gelir çoğumuza. Çünkü dört notadan oluşmaz. Dakikada bir kendini tekrarlayan nakaratları olmaz. Büyük bir ahenk, büyük bir disiplin gerektirir. Hem besteleyen hem icra eden hem de dinleyen için konsantrasyon gerektirir.

Kırca, büyük bir orkestranın şefi gibidir. Her enstrümanı hisseden, çok derin bir ahengi güç haline dönüştürebilen bir kondüktördür. Bir lokomotiftir. Öncüdür. Yorumcudur. Tablolarındaki renk geçişlerinde, heykellerinin en ince kıvrımlarında duyarsınız çığlıklarını. Makyajlarındaki sahicilikte, oyunculuğundaki eslerinde kavrarsınız etkisini.

Bir ülke düşünün, son derece modern. Çıkar uğruna insanlığın yok olmadığı, herkesin gazete ve kitap okuduğu; paranın, geçim derdinin değil de zevkin, kültürün malzemesi olduğu; büyük opera binalarının, bale ve müzikal salonlarının bulunduğu ve bu salonların tıklım tıklım dolduğu, sokaklarının her köşesinde hayat fışkıran, herkesin birbirine saygılı olduğu, düzenli, adaletli bir ülke düşünün...

O ülkenin sanatçısıdır Kırca...

Yaşadıklarını, gözlemlediklerini sömürürcesine özümsemiş; her şartta, her zorlukta, her hükümette, her sansürde sözünü korkmadan, çekinmeden söyleyerek ifade alternatiflerini katlayarak çeşitlendirmiş çağdaş bir sanatçıdır o.

Çağdaştır, evet. Gerçek bir aydındır. Bunca zaman ezilenlerin, hakkını arayanların yanında durmuştur. Adildir. Hocadır. Talep edendir. Yol gösterendir. Haksızlık kendi kapısına gelince değil, her zaman baş kaldırandır. Sözünü esirgemeyendir. Televizyonda sözünü kestiklerinde tiyatroda konuşandır. Gazetede yazandır. Resimlerinde, heykellerinde ifade edendir. Tanıdığım en büyük muhaliflerdendir. Gerçek bir Atatürkçü olması da bundandır. Onun umudu ölmez, tükenmez. Nefes aldıkça mücadeleye devam edecektir.

Ben Levent Kırca'yı yıllardan beri tanırım. Onun *Aydınlık* gazetesinde yazı yazmasına ben vesile oldum.

İyi ki de oldum...

Hayati Asılyazıcı

Tepetaklak

Düşünsenize, sabahın beşinde kapınızı yumruklamışlar. Aile efradının şaşkın bakışları arasında, iki ayağınız bir paçanızda adeta sürüklenircesine götürülürken; komşuların perde aralıklarından dikizleyerek, "Oh olsun! Yazar mısın o kitabı?" diye düşündüğünü.

İşin kötüsü kitap bile yazmadım...

"Ama yazmayı düşündün! Düşünmek yazmaktan daha büyük suç!"

"Ben sadece oynadım."

"Tamam... Şimdi de biraz içeride oyna!"

Bir gazeteci arkadaşımızı yine böyle sabahın beşinde götürürlerken, sahibi olduğu her zaman yeri göğü inleten kangal köpeği pısmış kalmış. Bırakın havlamayı, nefes bile alamamış. Sivaslı ya, ondan çekindi herhalde.

Evet, hadi bakalım gelsin sorular:

"Safrakeseniz nerede?!"

"Ne kesesi?"

"Safra, safra!"

"Ha, evet. Yıllar önce taş vardı. Sağlığıma kavuşabilmem için aldılar safrakesemi."

"Nasıl bir taş bu?!"

"Eee, tek taş."

"Sen bizimle dalga mı geçiyorsun?!"

"Estağfurullah."

Diyelim yuvarladılar taşı önünüze.

"Bak bakalım! Bu taş, o taş mı?!"
Uykulu gözlerle belki de taşı incelemeye çalışıyorum. Yumruk büyüklüğünde bir taş. Bu bendeki nasıl bir safrakesesidir ki, içinde böyle bir taş barındırsın?.. Sonra, aradan geçmiş on beş yıl. Bırakın taşı, o kadar süre sonra babamı görsem tanımam.
Adam kendinden emin:
"Bu taş, senin safrakesendeki taş!"
Peki, diyelim ki evet o. Nereye varacağız bununla?..
Ergenekon'a... Eninde sonunda varacağız ya. Kestirmeden geldik işte.
"Şimdi anladın mı?!"
"Valla ben bir şey anlamadım. Anlatın da anlayayım."
"Güneydoğu'da çocukların polis araçlarına fırlattığı taşların arasında geçti elimize bu taş! Bu taş senin taşın!"
(Kısa bir sessizlik)
"Peki telefonunu dinlediğimizi biliyor muydun?"
"Biliyordum."
"Nasıl olur?!"
"Şöyle oluyor, biri beni dinlerken sürekli boğazını temizliyor, bir diğeri sık sık su içiyordu. Malum lıkırdılar."
"Başka?!"
"Birinin de sürekli karnı guruldardı. "
"Sen onların seni dinlediğini hissettirir miydin?!"
"Evet."
"Mesela?!"
"Gönüllerini almak için bir şeyler söylerdim. Mesela 'Gecenin bu saatinde zahmet edip, üç kuruş maaş karşılığında bizi dinliyorsunuz. Hiç şüphesiz şu anda siz de sıcak yataklarınızda karılarınızın yanında olmak isterdiniz. Her kimseniz kolay gelsin... İyi dinlemeler,' derdim. Bazen boş bulunup 'Sağ ol!' dedikleri de olurdu."
"Başka?!"
"Sıkılmasınlar diye şarkı okur, fıkra anlatırdım. Sonra da bay-

rağı göndere çeker, yayını kapatırdım... Bakın arkadaşlar; ben hastayım. Yoğun bakımdan yeni çıktım. Almam gereken ilaçlarım var. Kalbim daha şimdiden hızla çarpmaya başladı. Başım dönüyor, hatta midem bile bulanıyor."

"Sen çok dinliyorsun kendini!"

"Eksik olmasınlar, sizin arkadaşlardan pek sıra gelmiyor. Şey... Affedersiniz, ilaçlarımı alabilir miyim?"

"Önce biz bakacağız şu ilaçlarına! Bakalım o ilaçlar gerçekten dediğin gibi mi?!"

Masadaki diğer adamlar ilacın benim ilaçlarım olup olmadığını anlamak için birer tane yutarlar.

"Gelelim konumuza!.. Üç gün yoğun bakımda kaldın. Takip edemedik seni. Buna ne demeli?! Ne oldu yoğun bakımda?!"

"Bakım yapıldı."

"Nasıldı?"

"Yoğundu."

"Akciğer filmi çektirmişsin?!"

"Aslında düşündüm, keşke hepimiz birden çektirseydik. Ama tomografi cihazına hepimiz birden sığamazdık."

"Gece yarısı bir ara kalbin altı saniye kadar durmuş?!"

"Evet, doğru."

"O zaman zarfında neredeydin?!"

"Hastanenin bahçesine meyve bıçağımla çatalımı gömüyordum."

"Sebep?!"

"Bir gün darbe yapmayacak mıyız?"

"Güzeeel, başladın açılmaya! Silahlı Kuvvetler'den arayan soran, ne bileyim ziyaretine gelen falan oldu mu?!"

"Silahlı Kuvvetler'den değil ama değerli dostlarım adeta yarıştılar sağ olsunlar."

"Kimlerdi onlar?!"

"İsimlerini vermek istemiyorum."

"Sebep?!"

"Sabah beşte kaldırmayasınız diye."
"Mehmet Barlas aradı mı?!"
"O benim yakın dostum değil artık. Yakınlaştığı başka dostları var..."
O sırada ilaçlarımı yutan arkadaşlar uyuyakalmışlar. Beni sorgulayan arkadaş sandalyede uyuyanlara baktıktan sonra:
"Evet... Arkadaşların yuttuğu ilaçlar dediğin gibi sakinleştiriciymiş. Uyudu hepsi!"
Böyle bir mavra geldi aklıma. Oğlumu çağırdım. Yazıyı ona okudum ne diyecek diye.
Dedi ki:
"Baba, geçen sabah beşte, sanki biri dürttü uyandım. Odanın içinde kırmızı mavi lambalar bir yanıyor bir sönüyor. Dedim, pederi almaya geldiler herhalde. Heyecanla pencereye koştum. Allah'tan korktuğum başıma gelmedi. Polis arabası değilmiş."
"Neymiş peki?"
"Mühim değil, uçan daire. Arada bir gelip gittiklerinden söz ediliyor ya. Neyse, derin bir nefes aldım, çok şükür deyip yattım."
İşte böyle... Herkese kafayı yedirdiler bu ara. Kafayı yemeyenlere selam olsun...

Yer misin yemez misin?

Çocukluk işte... Ikına sıkına mutfağın üst rafından bir kavanoz kayısı reçelini indirmişim, açıp kapağını kayısıların yarısından çoğunu yemişim, üstüne de şerbetinden biraz içmişim. Sonra bakmışım ki reçel yarıya inmiş. Anlaşılmasın diye kavanozu suyla doldurup, tekrar rafa yerleştirmişim. Suçum bu.

Çok geçmeden durumu fark eden annem beni şöyle bir yöntemle cezalandırıyor:

"Seni kulaklarından duvara çivileyeceğim!"

Küçük gözlerimi fal taşı gibi açmışım. "Kulaklardan duvara çivilenmek!?" İnanılır gibi değil.

"Dur sen! Akşam baban gelsin, asıl cezayı sana o verecek!"

Kulaklardan duvara çivilenmek yetmedi, asıl ceza akşama. Benim akşama kadar nasıl bir psikoloji ile bekleyeceğimi bir düşünsenize. Akşama "gerçek ceza" ile yüzleşeceğim.

Akşam, annemin dolduruşu ve babamın babalık güdüsü, meydan dayağı değilse de, üç beş tokattan oluşan güzel bir salon dayağı yedirtiyor bana. Babam tokatları aşkederken, ağacın yaşken eğileceğini söylüyor. Dayak yiyerek terbiye oluyorum anlayacağınız. Akşama, kulaklarınızdan tavana asılacağınızı hayal edip beklemekse, işin işkence tarafı. Üstelik bütün bunlar da bizim iyiliğimiz, adam olmamız için yapılıyor.

Çocukken, ben annemden ya da babamdan dayak yemedim, diyebileniniz var mı?

Okulda bir gün...

Öğretmen,

"Gel sen bakayım buraya! Sen, sen... Etrafa bakınma, sana söylüyorum. O aynayı da getir. Ne o, aynayı yere koyup da kızların bacaklarına mı bakıyorsun?"

Güzel bir tokat aşkediyor. Aşk olsun. Eli de ağır öğretmenin. Gözümde ışıklar yanıp sönüyor. Saçımı da tutup, kafamı tahtaya vuruyor.

"Söyle... Bir daha yapacak mısın?!"

"Hayır yapmayacağım, diyeceğim ama dilim ağzımın içinde dönmüyor. Belki de ilk tokatta ısırıp kopardım dilimi."

"Şimdi müdürün odasına. Senin dersini ancak o verir!"

Anlaşılan biraz da müdür okşayacak. Yetmedi veli çağırılacak. Veli de kalan son rötuşları yapacak. Bütün bunlar benim iyiliğim için.

Okulda hiç dayak yemedim, diyebileniniz var mı?

Bir şekilde yolunuz karakola düşer. Polisin eline düşersiniz. Polis, Allah yarattı demez, yeniden yaratır sizi. Bunu yaparken elindeki imkânları da kullanır. Copu vardır. Ama hep sizin iyiliğiniz için, adam olmanız için.

Karakola düşüp de dayak yemedim, diyen var mı içinizde?

Onu bunu bilmem. Ben afiyetle yedim. Feleğim şaştı. Üstelik ağaç yaştı; bir daha doğrulamadım.

Askerdeyiz...

İçtimada birisi güldü mü, bir ses mi çıkardı, işte öyle bir şey. Komutan kükredi. "Kimdi o?!" Ses yok... Kim cesaret edip de "Bendim," diyebilir ki?..

"Bak kimse o, çıksın ortaya."

Abicim, Allah'tan ben değildim. Kimse çıksın ortaya, paşa paşa yesin dayağını. Komutan, sıra dayağı yiyeceksiniz diye yeri göğü inletiyor.

O güne kadar, çocukluğumda meydan dayağı yemişim, okulda öğretmen dayağı hem de cetvelle. Cetvelin üzerindeki rakamlar yüzüme dövme olmuş. Poliste cop ile tanışmışım, şimdi sıra askerde, sıra dayağına geldi.

Afiyetle yiyoruz sıra dayağımızı. Çavuş hızını alamıyor, tekrar sıranın başından başlıyor. Bazısının boyu uzun. Tokat yalayıp geçiyor. Ama ben çavuşla aynı boydayım. Yanak da dolgun, "ekmek ayvası" gibi. Çavuş, yer misin yemez misin bir çakıyor, olduğum yerde bir tur atıp tekrar dikiliyorum karşısına.

Askerde dayak yemedim, diyebileniniz var mı?

Yok yemedim, derseniz, bu tabiatın diyalektiğine aykırı düşer.

Bir gerçek var ki, bu dayaklar bizim iyiliğimiz için. Yoksa komutan niye dövsün ki seni?

Kadınsın, evlendin, hadi koca dayağı. Gözün mor, ananın evine gidiyorsun. Sana "Kocandır, döver de, sever de," diyorlar. Tekrar dönüyorsun evine.

Koca dayağı yemedim, diyen kaç kadın var?

Ne var ki bu dayaklar bizim iyiliğimiz için. Dayak yiye yiye büyüyor, yetişkin bir birey oluyoruz. Ezik, korkak, kompleksli, bükük boyunlu. Polis gördü mü ürken, asker gördü mü kaçan, hayatında telafisi mümkün olmayan yara izleri taşıyan bir birey. Bu psikolojik bozukluğu düzeltmeye nereden başlamalı, bilmem ki?

Paket program

"Ağabey," diyor arkadaşım. "Şimdi bunlar bizim programımızı yayından kaldırdılar. Sen de diyorsun ki 'Susmak yok. Tiyatro oyunu yapacağız ve söyleyemediklerimizi, bize söylettirmediklerini tiyatroda söyleyeceğiz seyirciye.' Ya bunlar tiyatroyu da yasaklarlarsa?"

"Keşke yasaklasalar. 'Yasaklanıyorsunuz, işte bu da yazılı tebligat. Ahanda kapıyı mühürledik. Bu da soğuk mühür. Sıkıysa açın,' deseler, gururla saklarsın o bildirgeyi. Geleceğe ışık tutacak bir belge olur o bizim için. Diploma, takdirname gibi bir şey yani. Ama sana bu olanağı vermezler. Bunlar şöyle yapar; birileri önce oyun afişinin bulunduğu vitrindeki camları taşlar, indirir yere. Ürkünç bir tablo oluşur. Hem korkarsın hem de bunu seyirci yaptı sanırsın. Polis gelir, zabıt tutar gider. İki gün sonra salondan birkaç kişi, oyun esnasında yüksek sesle oyunu provoke edip tehditler savurarak salonu terk eder. Böylece gerginlik yaratılıp sinirler bozulur. Sen bunu seyirci yaptı zannedersin. Ya da senin seyircin öyle sanır. Polis gelir yine, zabıt tutar gider. Polisin her gelişinde tüylerin diken diken olur."

"Hepsi bu kadar mı?"

"Dur daha bitmedi."

Bu bir paket programdır. Paketi tamamlamadan bırakmazlar. Bir gece oyun dağılmış, oyuncular yüzlerinde görevlerini başarıyla yapmış olmanın gururuyla evlerine giderken, içlerinden birini bir güzel benzetirler. Başka bir gece de ansızın gelen bir telefon, oyunun oynandığı salona "bomba" konduğunu ihbar

ederek seni ve seyirciyi tedirgin eder. Aynı telefon, herhangi bir gazeteye de açılır ve durumun bomba tesiri yapması istenir. Böylece olayın yaygınlaşarak duyulması sağlanır. Seyircide de oyunu seyretmek istediği halde, "Aman kardeşim bak, bomba koyuyorlarmış, aman yavrum sakın gitmeyin böyle tiyatrolara. Başınıza bir şey gelir. Gelmese de mimlenirsiniz" demeye başlar. Böylece ayağı kesilir seyircinin tiyatrodan. Ve muhteşem final...
Oyuna artık kimse gelmez.

İşte oyun böyle kapatılır ya da yasaklanır veya durdurulur. Sonra değerli sayın devlet büyüklerimize, "Eee, kardeşim bize yapılan haksız eleştiriye gördüğünüz gibi halk dayanamadı ve tepki gösterdi," deme şansı verilmiş olur. Bu politik olarak işlerine gelir politikacıların. Sen de halk düşmanı ilan edilirsin. Yandaş birkaç medya da durumu pekiştirmek için ufak ufak yazılar yazar. Seyirciyi bu konuda nasıl düşünmesi gerektiği konusunda yönlendirir. Derken fatura sana kesilir. Şimdi durumu başından ele alıp, yeniden değerlendirelim:

"Olacak O Kadar" yayınına devam ediyor. Reytingleri de yüksek, herkes memnun. Alan da, satan da razı. Hükümet, bir yazı gönderip "Bizi eleştirdiği için bu programı yayından kaldırıyoruz," diyebilir mi?.. Demez. Ortada böyle bir belge bırakmaz. Hem senin kahraman olmana fırsat vermez hem de ilerisi için böyle bir vesikanın tarihe geçmesini istemez. Açar telefonu kanala ya da gördüğü bir yerde kanal yöneticisine, hazır adam da el pençe divan etek öpüp el ovuştururken "Şu 'Olacak O Kadar' programını yayından kaldıralım," deyiverir. Bu, bir rica değildir. Yumuşak, müşfik bir sesle söylenmiş emirdir. TV yöneticisinin itiraz etme olasılığına karşı da şaka yollu, "Valla lisansınızı iptal ederiz kalırsınız ortada," diyerek gülümser ve sanki espri yapmış gibi görünür sayın devlet büyüğü. Hadi bakalım, iki ucu şerbetli değnek. Yetkili de, bu tehdit karşısında kaldırır programı yayından, olur biter. Ne yapabilir? Başka çaresi yok.

Bu, bir şekilde senin kulağına gelir ya da doğrudan bunun

böyle olduğunu söylerler sana. Sen de çaresiz, kuyruğunu bacağının arasına alır, baka baka popona gidersin yoluna. Belge yok. İspatı mümkün değil. Söylentiden öteye geçmez. Yandaş birkaç medya da bizim için "Hep aynı şeyi yapıyorlardı, tekrara düşmüşlerdi. Eskidiler artık," diyerek bir de kaka atar sana. Sen, çıplak ayakla kakaya basmış olursun.

Sonra şöyle der pek muhterem hükümet:

"Bizim zamanımızda herhangi bir gazete manşetine engel olundu mu? Olunmadı."

"Herhangi bir program yayından kaldırıldı mı? Kaldırılmadı."

"Herhangi bir gazeteci işten çıkarıldı mı? Çıkarılmadı."

Şakşakçılardan alkış sesleri gecikmez. Tıpkı komedi dizilerindeki gülme ve alkış efektleri gibi.

Kimse engellenmedi.

Hiçbir gazeteciye gözdağı verilmedi.

İçeri hiçbir gazeteci atılmadı.

Ben de şöyle diyorum:

İçeridekiler kendiliklerinden gidip Silivri temerküz kampına giriverdiler. Rehabilitasyon olsun diye, terapi görecekler.

İşte bu işler böyle yapılır arkadaşlar. Hesapta adı da "Demokrasi"dir bunun.

"Bilmiyorsan bu b.ku, git mektebinde oku. Hadi, dükkânın önünü kapatma, başka Türkiye yok!"

Yırtarım ben böyle yazıyı

Evren darbe yapmış. Solun kökünü kazımış. Sıra gelmiş seçimlere. "Turgut Sunalp", Evren'in önerdiği aday. "Ben bu adaya kefilim," diyor. Böylece Kenan Bey farklı bir açıdan tarihe geçiyor. "Darbe yaptı" diye onu alkışlayan Türk halkı, bu kez onun kefaletini kabul etmiyor ve Sunalp seçilemiyor. Kimsenin ihtimal vermediği Turgut Özal seçilip başbakan oluyor ve yeni bir dönem başlıyor. Özal yükseliyor... yükseliyor... Dönemine imzasını atıyor ve cumhurbaşkanı oluyor.

Biz de o dönem, İzmir Fuarı açık hava tiyatrosunda oynuyoruz. Bir akşamüzeri müdürüm bana geldi. "Ağabey," dedi, "Konak'ta bir büfe var, büfenin içinde de Turgut Özal."

Yani büfenin sahibi, Özal'ın tıpatıp aynısı. Hık demiş burnundan düşmüş. "Bir de sen gör şunu kurban olayım." Oyunun başlamasına iki-üç saat var. Yani vaktim müsait. Yürü gidelim, dedim. Büfenin önündeki müşteri kalabalığını yarıp önüne geldiğimde gözlerime inanamadım. Özal içeride tebdil-i kıyafet, sigara, gazete falan bir şeyler satıyor. İnanmak çok zor ama Özal bu. Benzemek olur da, bu kadarı da bana "pes" dedirtti.

Çok geçmeden çakma Özal ile büfenin yanındaki boşlukta konuşuyoruz. "Biz bu sezon İstanbul'da bir şov yapacağız. O gösterinin bir bölümünde seni de sahneye çıkarayım."

İtirazı yok. Hatta hevesli görünüyor. Para konusunu da konuşup hallettikten sonra, büfeyi karısına bırakıp düşüyor peşimize. Fahrettin Aslan henüz sağ. Maksim Gazinosu'nun altındaki, ismi "Elma Kabare" olan yerde şov yapıyoruz. Ben sahnede Özal'ı ve hükümetini eleştiriyorum, Yerden yere vuruyorum çiçeği burnunda cumhurbaşkanını. Şov böyle sürerken, salonun büyük kapısı açılıyor. Garsonlar kendilerini içeri zor atıp, nefes nefese, "Özal" diyorlar. Sayın Cumhurbaşkanı burada. Salonun ışıkları yanıyor. Seyirciyi bir tedirginlik kaplıyor. Haliyle ben, bozulmuş gibi yapıyorum. Açık kapıdan, frakını giymiş, başında silindir şapkası, Cumhurbaşkanı Özal arz-ı endam eyliyor. Seyirci şaşkınlığını atar atmaz ayağa fırlıyor, ardından da güçlü bir alkış kopuyor. Seyircinin gerçek sandığı, bizim çakma olduğunu bildiğimiz Özal, ön koltuğa yerleşiyor ve gözler bana çevriliyor. Ben lafı ezip büzüp "Az önce sizi bir hayli yeriyordum. Ne var ki, şaka tabii. Aslında severiz sizi," diyorum. Seyirci bana, lafı çevirdiğim için kızıyor, hissediyorum. Çok geçmeden sahneye davet ediyorum Özal'ı. Geliyor yanıma, laubali oluyorum kendisiyle ve zaman geçince seyirci Özal'ın gerçek değil de sahte olduğunu fark ediyor. Bundan hoşlanıp gülüyor, alkışlıyor ve çok eğleniyor. Görüntüsü Özal olan bu şahsın, konuştuğu zaman büyüsü bozuluyor. Hem sesi "sahibinin sesi" değil hem de şivesi bozuk. Ele veriyor bizi. Bu nedenle Cumhurbaşkanı'na konuşmayı yasaklamışım. "Konuşma, ağır ol!" diyorum. O da dinliyor beni.

Hürriyet gazetesi mensupları beğenmişler şovu. Üç gün sonra Hilton Oteli'nde gerçekleşecek *Hürriyet* gazetesinin gecesinde sahne almamızı istiyorlar. Biz de kabul ediyoruz.

Gece geldi çattı. Giydirdim çakma Özal'a frakı ve melon şapkasını. Her şey tamam. Oturtuyorum Cumhurbaşkanı'nı itinayla yıkanmış siyah Mercedes'ime. Arabanın içinin ışıkları yanıyor. Dörtlüleri de yakmışım, gecenin bir vakti asfaltta seyrediyoruz Hilton Oteli'ne doğru. Yolda giden sair arabalar çakma Özal'ı gerçek sanıp kenarlara çekiliyorlar. Kornayla selam verenler, el sallayanlar... Görmeye değer doğrusu. Nereden çıktığı belli olmayan iki motosikletli polis hemen önümüze geçip bize eskortluk ediyor. Özal da eliyle etrafı selamlıyor.

Oteldeyiz. Programın başlamasına yarım saat kadar var. Seyirciler yavaş yavaş yerlerini alıyorlar. Özal sıkıldı anlaşılan, "Koridorda bir sigara içebilir miyim?" dedi bana. Birlikte çıktık Hilton'un kırmızı halılı salonuna. O kısımda henüz kimse yok. Derken bir kapı açılıyor, hepinizin çok iyi tanıdığı fakat ismini veremeyeceğim bir köşe yazarı giriyor içeri. Grand tuvalet, saçlar briyantinli, boynunda bir fular muhtemelen, parmaklarında da puro var. Özal'ı fark ediyor! Gözler fal taşı. Şaşkınlıktan ayakları birbirine dolanarak üstümüze geliyor. "Eyvah!" diyorum. Şimdi ben bu köşe yazarını nasıl uyandırsam bu Özal değil diye? Ama yazarımız öylesine büyülenmiş ki, gözü Cumhurbaşkanı'ndan başkasını görmüyor. Cumhurbaşkanı da bana "Ne yapayım?!" der gibi bakıyor. "Bozma," diyorum. Yapacak bir şey yok. Üstelik, üzerimize üzerimize gelen bu tanınmış köşe yazarı, Özal'a yazdığı muhalefet yazılarıyla biliniyor. Sonunda ulaştı bize.

"Sayın Cumhurbaşkanım, sizi şöyle severim, böyle severim. Sizden büyüğü gelmedi bu ülkeye."

Çakma Özal'ın etrafında dönüp duruyor. Neredeyse (Takla biraz abartılı olur) step ya da salsa benzeri hareketler yapıyor. Yağladı, yıkadı. Timsah dansıyla final yapıp, iki büklüm terk etti halı sahayı.

Az sonra biz, "Cumhurbaşkanıyla" sahnedeki yerimizi aldık. Dansöz yazar da en önde oturuyor. Çok geçmeden Özal'ın gerçek değil de çakma olduğunu anladı muhterem. Oturduğu koltuğun içinde ufalarak kaybolduğunu, bizzat gözlerimle gördüm.

Daha sonra aynı şovu Sayın Cumhurbaşkanı Turgut Özal bizzat seyretti. Nasıl gülüp eğlendiğini anlatamam. O zamanın cumhurbaşkanları, başbakanları, böylesine bir hoşgörüye sahipti.

Mesela bu olay o gün değil de bugün yaşansa, söz ettiğimiz kişi Özal'ın değil de Erdoğan'ın benzeri olsa, bu proje sizce gerçekleşebilir miydi? Ne mümkün! Daha konu taslak halindeyken kendimizi Silivri temerküz kamplarında bulurduk. Hem de ayrı ayrı hücrelerde. Erdoğan'ın benzerini, içeride öyle bir "benzetirlerdi" ki... Adam bir daha "hiçbir şeye" benzemezdi. Tabii, ben de. Yok, yok... Ben şimdi düşündüm de... Bence bunu düşünmek bile suç. İyisi mi yazıyı yırtıp atın, ortada delil kalmasın.

Eee, ne duruyorsunuz? Okuduysanız başlayın yırtmaya...

Hadi, kolay gelsin...

Bana "Allah rahmet eylesin"

Hiçbir hükümete yakın durmadım bugüne kadar. Devrimciydim ve öyle de kaldım. Cumhurbaşkanları ve başbakanlarla yakın dostluğum hep sürdü. Onları, yüzlerine karşı eleştirmem, "dürüstlüğüm" dostluklarımızı daha da pekiştirmiştir. Levent öyle bir adamdır ki "asla hiçbir şey istemez" derlerdi. Bu da beni ben yapan önemli bir özelliğimdi. Oyumu onlara vermediğimi de bildikleri halde, gene de benden kopmazlardı. Ben hep oyumu Halk Partisi'ne verdim. Bu, "devrimci" öğretmen annemin beni örgütlemesiyle başlamış, öyle de sürmüştür. Oyumu bu partiye her zaman büyük bir memnuniyetle vermedim. Çok "sızlandığım" oldu. Tıpkı şimdi "sızlandığım" gibi. Rahmetli Bülent Ecevit'le de çok farklı bir dostluğum oldu. Onu ayrı tutuyorum. Turgut Özal, kendisine televizyonda ve tiyatroda sıkı muhalefet yaptığım halde, benden dostluğunu hiç esirgemedi.

Ankara'da Tuncer Cücenoğlu'nun yazdığı "Dosya" adlı bir oyun oynuyoruz. Yerden yere vuruyoruz Özal'ı. Eşi Semra Hanım ile birlikte el ele oyunumuzu izlemeye geldiler. Oyun bitiminde de kuliste bizi kutladılar. Ben biraz günah çıkaracak gibi oldum:

"Boş ver!" dedi. "Sanatçının vazifesi muhalefet etmektir."

Ertesi gün beni Başbakanlık Konutu'na kahvaltıya davet etti. Bu kahvaltıya gittim. Tek bir not aktaracağım size:

Sekreteri yanımıza geldi, "Efendim," dedi Özal'a, "Genelkurmay Başkanımız arıyorlar..." Özal'ın cevabı şuydu: "Sonra arasınlar. Şimdi bir sanatçıyla, Levent'le kahvaltı yapıyorum."

Kumkapı'da çadır kurmuşum "Gereği Düşünüldü" müzikalini oynuyorum. Çadır aşırı kar yüküne dayanamayıp kısmen çöktü. Kısa bir süre içinde onarmam gerekiyordu. Yeterli ekonomik güce sahip değildim. Aklıma Başbakan'dan yardım istemek geldi. Başbakan, Süleyman Demirel'di. Randevu aldım, gittim yanına. Sıcak karşıladı beni. Durumu anlattım kendisine, "böyleyken böyle," dedim. "Onarımı gerçekleştirip tekrar perdemi açabilmem için paraya ihtiyacım var. Bunu bir bankadan kredi olarak almak istiyorum, bana yardımcı olabilir misiniz?.." Biraz düşündü. Sağa sola gerdan kırdı. Alt dudağını düşürdü ve başladı yayık yayık konuşmaya. "Bu kredi sana çok pahalıya mal olur. Ödeyemezsin, belin bükülür. Gel şöyle yapalım; parayı sana ben vereyim. Geri ödemen de gerekmez. (Bundan 20 yıl önceki bir paradan söz ediyoruz. Miktar 200 milyar TL) Sevdiğim bir sanatçısın. Sana katkıda bulunmak beni de mutlu eder." Daha ben cevabımı vermeden yanı başındaki telefonu kaldırdı ve özel kalem müdürüne "Bana çek defterimi getir," dedi. Odada sessiz bir beklemedeyiz ikimiz. Gözlerini devire devire beni izliyor, ben de henüz soğumamış çayımı haşlana haşlana yudumlamaya çalışıyorum. Teklif ettiği parayı ondan kabul edip almam mümkün değil. Ne var ki, bu "nazik" teklifi onu kırmadan nasıl geri çevireceğim?.. Az sonra çek defteri ulaştı kendisine. Tam çeki yazacak, "Efendim," dedim. "Eğer yanlış anlayıp darılmazsanız, ben teklif ettiğiniz ve geri almayacağınızı söylediğiniz bu parayı sizden alamam. Özür diliyorum ama bunu yapamam." Alt dudağı daha da düştü çenesine, gözleri büyüdü. Başı geri gitti. Gerdanı bir iken iki oldu. Şu soruyu sordu: "Niye almıyormuşsun, sebep ne?.." Cevabım hazırdı, "Ben sizin partiliniz değilim. Görüşlerimiz farklı. Hem bu parayı alacak olursam, sizi özgürce eleştiremem." O da bana "Sen beni bugüne kadar çok eleştirdin. Sana bir şey diyen oldu mu? Senin görüşüne karıştık mı? Git yine bildiğini yap. Ben sana ve senin gibilere rağmen başbakanım. Bu parayı almazsan enayilik etmiş olursun," dedi. "Beni bağışlayın ama bu parayı alamam," dedim. "İkimizden başkası bilmeyecek," dedi. "Özür dilerim, alamam..."

Bu son sözümdü. Almadım parayı. Beni konutun kapısına kadar uğurlarken çek defteri hâlâ elindeydi. Birkaç gün sonra kardeşi Hacı Ali Demirel aradı. Hacı'yı önceden tanırdım. Demirel ona; "Yahu, bu Levent Kırca nasıl bir adam, kendisine bir çuval para teklif ettim kabul etmedi. İlk kez böyle bir şeye tanık oluyorum. Beni bu konuda kimse reddetmemişti," demiş. Hacı Ali Demirel ise "Sen onu tanımazsın, O, işte öyle bir adamdır," demiş.

Daha sonraki yıllarda, Süleyman Demirel Cumhurbaşkanı oldu ve benden ilgisini hiç eksik etmedi. Yakın takipçimdi. İrili ufaklı pek çok işimin hallinde, bana fark ettirmeden yardımcı oldu. Aramızda hiç para sözü geçmedi.

Sosyal Demokrat Belediye Başkanı Nurettin Sözen çadırımın geri kalanını "Bölgede görüntü kirliliğine neden oluyor" gerekçesiyle acımasızca yıktı; hem de başıma. Burada Demirel'i büyük jestinden ötürü saygıyla, Nurettin Sözen'i ise nefretle hatırlıyorum. Biri bana delikanlı yaşlarımda "parayı" almayarak kendimi kendime ispatlama fırsatı vermiş, diğeri de kendisini Drakula gibi hatırlayacağım bir anı bırakmıştı belleğimde. Birini "överek" unutturmayacağım, diğerini "söverek."

Şimdi küçük bir karşılaştırma yapmak istiyorum. Tayyip Erdoğan çiçeği burnunda Başbakan, Abdullah Gül Köşk'ün yeni sahibi. Kendilerine mektup yazdım ve sordum: "Ben neden devletin televizyonu TRT'ye çıkamıyorum?" diye. Onlar da bana, "Sen hele bizim kahvaltılara ve davetlerimize biraz git gel, azıcık bize yanaş, sonra bakarız çaresine," dediler. Tabii, bu yakınlaşma hiçbir zaman olmadı.

Geçenlerde yoğun bakımda ölüp ölüp dirilirken, gene beni arayanların başında Süleyman Demirel vardı. Sırasıyla Deniz Baykal ve Kılıçdaroğlu da arayarak üzüntülerini bildirdiler. Rahmi, Mustafa, Caroline Koç bizzat ziyaretime geldiler, eksik olmasınlar ve bana ulaşamayan pek çok telefon...

Ha, unutmadan söyleyeyim; Demirel, Cumhurbaşkanlığı döneminde Kültür Bakanı Sayın İstemihan Talay'ın önerisi ile beni "Devlet Sanatçısı" yaptı. Teşekkür ediyorum...

"Devlet Sanatçılığı'nın" ne işe yaradığını soracak olursanız, arz edeyim; havaalanında VIP salonunda oturup bedava kek yiyorsunuz, bir de öldüğünüzde Devlet Töreni ile gömülüyorsunuz. Tabutunuzu top arabası taşıyor. Ben ölü halimle nasıl fark edeceğim bunları? Sağken binmek isterdim top arabasına.

Şimdi sağlığıma kavuştum çok şükür. Hükümet yasaklamazsa "Fırıldak" adlı bir tiyatro oyunu hazırlıyorum. Sevenlerimle bu oyunda buluşacağım.

Sıra geldi çocuklarıma vasiyetime...

Ölürsem Devlet Töreni istemiyorum. Eksik olsun. Bir de mümkünse cenazemde bugünkü hükümet mensuplarını görmek istemiyorum. Gelmez demeyin. Hiç belli olmaz. Politikacılar arsız olur. Varsayalım ki, geldiler. Ne olacak? "Yuh"lanacaklar. Yuhalayan vatandaş tespit edilip fişlenecek. Haydi, cenaze merasiminden doğru "kodese." Derken "Cenazede tören yapmak" yasaklanacak. İnsanlar ölülerini "el altından" gömmek zorunda kalacaklar. Hayır, bir şey değil, içeri ata ata ortalıkta vatandaş kalmayacak.

Açık söyleyeyim:

Bir "mevta" olarak, bütün bunlara sebep olmak istemem.

Ölürsem, bir "halkımı" isterim, bir de "Allah'tan rahmet."

Çal oynasın, şişir patlasın

Devlet Tiyatrosu'nda oynanan bir oyunda genç kızın biri, ağzındaki sakızı şarkıda da söylendiği gibi, "çakkudu çukkudu" çiğniyor. Hem de en ön sırada. Ara sıra sakızı şişirip, balon yapıp patlatıyor mu, bilemiyorum. Sahnedeki oyuncu, bir sabrediyor, iki sabrediyor. Sonunda kızımıza dönüp "Dikkatimi dağıtıyorsunuz," diyor. Osmanlı dönemine ait bir oyun oynayan oyuncu, sakız patlatan kıza sitemle "O dönemde sakız mı vardı?" diyor.

Alt tarafı oyuncu olan bu kişi sızlanıp dururken, "Gaf Kapatıcı" bakanımız şöyle buyuruyorlar: "Bir tiyatro oyununda sahnenin ışıkları yandıktan sonra, salonunkiler kapanır. Neden salon karanlıkta bırakılır? Seyirci istediğini yesin diye. Bu sakız olabilir, pastil olabilir, (ben alternatifleri çoğaltıyorum) zeytinyağlı yaprak sarması, yoğurtlu iskender, üzümlü pilav, hatta zerde yenilebilir. "

Seyirci bu söylenenleri yalayıp yuttuktan sonra, (hadi yediklerinin kokusunu geçtik) yağlı ellerini Devlet Tiyatrosu'nun kırmızı kadife perdesine silip temizleyebilir. Bunu yüce efendimiz "Gaf Kapatıcı" Ertuğrul Günay Efendi Hazretleri söylüyor. Eski bir CHP'li olan Günay gaf örteceğim derken, kendi gafını üretiyor. Yüce efendimiz bilindik bütün ahlak, adab-ı muaşeret kurallarını hiçe sayıyor. Neymiş efendim, salondaki seyirci ışık söndükten sonra istediğini yermiş.

Yahu hazret, sen tiyatroyu, gazinolardaki kadınlar matinesi ile karıştırmış olmayasın? İnsanlar, ister misin karınları doyduktan sonra bir de oyunun ortalık yerinde sahneye fırlayıp, şakkudu şukkudu göbek atmaya başlasınlar.

Yüce efendimiz, o muhteşem heykele "ucube" diyerek yapılan gafı düzeltirken de, "Efendimiz heykele ucube demedi. Çevresindeki gecekonduları kastetti. Hepiniz yanlış anladınız. Benim efendim böyle bir şey demez." Demedin mi? Efendin de, ertesi gün, "Heykele dedim yahu," diyerek seni bozmadı mı?.. Sen, bozulmadın tabii. Bizler acaba istifa eder mi, Günay onurlu adamdır, demeye kalmadan sen, bu sakız konusunda yeni bir fetva verdin. Allah üçüncüsünden Türk milletini korusun.

Şimdi gelelim bu sakız konusunda kırk altı yıllık tiyatro sanatçısı "bendenizin" görüşlerine:

Salonun ışıkları seyircinin dikkati sahne üzerine toplansın diye kısılır. Oyunu izlerken salonda oturmanın bir adabı vardır. Bütün seyirciler yekvücut oyuna konsantre olurlar. Örneğin herhangi birinin hasta olmaya dahi hakkı yoktur. Hem hastalığını salondaki sağlıklılara bulaştırır hem de sürekli öksürerek seyircinin ilgisini, oyuncunun da konsantrasyonunu bozar. Arka sıralarda dahi herhangi bir şey yenilip içilmez. Özellikle kabuklu yemiş. Patlamış mısır dahi, torbasına girip çıkan elin çıkardığı hışırtı yüzünden yenmemelidir. Telefonlar kapatılır ve artık ibadet yaparcasına bir sessizliğe bürünür seyirci. Yalnız oyuna göstereceği reaksiyonlarda özgürdür. Gülmek, alkışlamak gibi. Kimse yanındaki ile konuşamaz, önündeki ve arkasındaki rahatsız olmasın diye. Yeme içme ve sair ihtiyaçlar için perde araları verilir. Bu aralarda seyirciler aksırıncaya, tıksırıncaya kadar istediklerini yiyip içebilirler. Sakız dahil, ne isterlerse çiğneyebilirler. Pastil de bu aralıklarda emilir. İsteyen parmağını da emebilir, burnunu da karıştırabilir. Perde arasında tuvaletlerde istediğiniz kadar şarıldayabilir ve de gaz çıkarabilirsiniz. Kimse sizi ayıplamaz.

Bu söylediklerim, oyun oynanırken karanlıkta dahi yapılamaz.

Hoca camide vaaz verirken, cemaatten biri gaz çıkarır. Anlaşılmasın diye de öksürüp tıksırarak, yaptığı maharetin sesini örtmeye çalışır. Hoca da şöyle seslenir kendisine "Hadi sesini benzetip örttün, peki kokusunu nasıl gizleyeceksin be adam?"

Adam mahcup olmaz, yüzü de kızarmaz. Bu modeller böyle olurlar.

Salonun ön sırasında oturan seyircinin ise, sorumluluğu daha da büyüktür. Bacak bacak üstüne atmaz. Ayaklarını dikkati çekecek şekilde sahneye uzatmaz. Oyun esnasında gözünü oyundan ayırıp başka taraflara bakmaz. Hatta oyunu beğenmiş gibi, mütebessim bir ifade ile izler.

Eğer ön sırada sakız çiğneyen bu genç benim çocuğum olsaydı, ben hem sanatçıdan hem tiyatrodan hem de kamuoyundan özür dilerdim. Oyuncuyu yargılamaz, tiyatroyu da kapatmaya kalkmazdım. Bu yaklaşımınızın, dayatarak "barış heykelini" yıkmanızdan da hiçbir farkı yoktur. Ayrıca Devlet Tiyatroları'nın, devlet bütçesine yük olduğunu düşünüyorsanız, o takdirde Devlet Malzeme Ofisi'ni, Devlet Demir Yolları'nı, gelir getirmediği gibi bütçeye yük olan bütün kurumları kapatmalısınız. Sosyal Sigortalar ve devlet hastaneleri de dahil. Aslında, devleti de kapatın demek geçiyor içimden. Ama buna dilim ve elim varmıyor. Sadece içimden geçiriyorum. Bu da suç sayılmaz herhalde.

Evet, "yasaklarla" yaşamaya çalıştığımız günler geçiriyoruz. Askeri cunta döneminde Yunanistan'da üretilmiş bir fıkradan söz etmek istiyorum:

Bir belediye otobüsü... İçi hıncahınç insanlarla dolu. Demir boruya tutunarak ayakta durmaya çalışan bir yolcu, yanındaki yolcuya dönüp soruyor: "Affedersiniz, devlet büyüğü ya da asker falan mısınız?.." "Değilim," diyor adam. Önceki devam ediyor. "Peki yakınlarınız arasında, yüksek rütbeli asker ya da ne bileyim devlet büyüğü falan var mı?" Adam, "Hayır, yok," diyor. Rahatlıkla derin bir nefes alan ilk yolcu, diğerine dikleniyor: "Kardeşim, belki farkında değilsin ama iki saattir ayağıma basıyorsun! Hem ayağımı hem de ayakkabımı parçaladın. Ayıptır yahu..."

Uyumazsanız, büyüyemezsiniz

Açlıktan ölen çocuklar, dayak yiyen çocuklar, tecavüze uğrayan çocuklar, polise taş atan ardından gözaltına alınan çocuklar, cami önlerine, çöp tenekelerine terk edilen çocuklar, sonuç olarak; "telef edilen" Türk çocukları. Büyüklerin uyutulduğu yetmediği gibi, hükümet tarafından uyutulmaya çalışılan çocuklar. Bizzat Bakan'ın ve bazı tanıdığımız kişilerin televizyona çıkıp, "Çocuklar uyumalısınız. Uyuyun, uyumazsanız büyüyemezsiniz," diye seslendiği çocuklar.

Evet, uyuyun ve de hemencecik büyüyün. Sizi açlık bekliyor, işsizlik bekliyor. Sizi sınavlarda hayal kırıklığı bekliyor. Hatta işkence bekliyor ve daha saymaya elimin ve dilimin varmadığı pek çok şey.

Bekliyor da bekliyor. Büyüdüğünüzde sanatın olmadığı, heykelsiz, resimsiz, hatta tiyatronun da olmadığı bir ortam bekliyor sizi. Sakın elinize bir gitar alıp müzik yapmaya kalkmayın. Yoksa fena olursunuz. Hal böyleyken gene de uyuyup büyümenizde ısrar eden Aileden Sorumlu Bakan. Sizi, bizzat kendisini ekranda göstererek uyutmaya çalışıyor. Her ne kadar Bakan Hanım saçlarını yaptırdıktan sonra (kendisine manikür pedikür de yapılmıştır mutlaka), takmış takıştırmış geçmiş kameranın karşısına tutturmuş "Hadi çocuklar uyuyun," diye sesleniyor. Yahu aşk olsun Bakan Hanım, çocuğun uyuyacağı varsa da sizi gördükten sonra uyur mu? Bilakis uykusu kaçar. Sert bir ifade, ciddi bir surat, hele hele hiç gülmeyen bir yüz, kesinlikle çocukların uykusunu kaçırıyordur. Hadi gelin itiraf edin. Galiba çocukları uyutma fikri sizin. Madem fikir benim, görüntüye de ben çıkayım, dediniz anlaşılan. Çünkü hepinizin televizyona çıkıp, tanınmaya ihtiyacı var. Öyle çıkamıyoruz, böyle çıkalım dediniz.

İbrahim Kutluay; iyi bir arkadaşımız, süper bir basketçi. Ama biz burada basket atmıyoruz ki, çocuk uyutuyoruz. Belli ki İbrahim kamera karşısında tutuk. Basket oynarken gülümsemiyor. Şart da değil. Ama burada çocuk uyutuyoruz. Gülümsemek, güler yüzlü olmak şart. Siz hiç korku filminden sonra kolay kolay uykuya geçen çocuk gördünüz mü? Çocuklar bir de analarının, babalarının yataklarına koşup, "korkuyoruz, bu gece sizinle yatabilir miyiz," diye soruyorlardır. Anne ve babanın da başbakanın talebini yetiştirmek gibi bir programı var. Hadi bakalım, bozuldu mu program sana? Buyur buradan yak. Yok, buradan yakma, durup dururken 75 TL ödeme, bahçede yak. Siz çocukların uyuması için neden ekrana güler yüzlü, sempatik sanatçılar çıkarmıyorsunuz? Yoksa sizin sanatçılarınız içinde sempatik olanı yok mu? Eskiden Adile Naşit "Kuzucuklarım hadi uyuyun, uyuyun da büyüyün," deyince, bütün çocuklar nasıl da mışıl mışıl uyurdu. Gelin biz, size ve arkadaşlarınıza 7 yaş üzeri gerilim+korku+şiddet dizileri ayarlayalım. Siz oralarda boy gösterin. Bırakın, çocuklarımız da kendi kendilerine rahat rahat uyusun.

Haberlerde, bakamadığı çocuğunu döverek öldüren ebeveynlerden tutun, "işsizlikten, evime bakamıyorum, bu utançla yaşayamam" diyerek kendini vuran bir baba. İmtihanlarda haksızlığa uğrayıp sokaklara dökülmüş gençler, kafası vahşetle koparılan heykeller, köşe başlarında güpegündüz bıçaklanan sanatçılar, müzik yaparak okul harçlıklarını çıkarmaya çalışan gençlere polis baskıları, tekel işçilerinin dramı, vesaire. Ben haberleri genelde sabah altıda dinliyorum. Bu karamsar haberlerin ardından reklamlar giriyor. Reklamlarda her şey günlük güneşlik. Sanal mutluluk diz boyu. Şarkılar söyleyerek Koçtaş'a giden, evini çok seven mutlu bir halk. Alışveriş kolaylıkları yüzünden çarşıya bir an önce çıkmaya çalışan karı koca ya da halkı düşünmekten başka işi olmayan bankalar. Şarkılı "118 80"ler, eşcinselli "118 33"ler, "üzüldüğünüz şeye bak, gel seni sigortalayalım, dertlerin sona ersin," diyen reklam anonsları. Manzaranın içinde mi olmak istersiniz, yoksa dışında mı, gelin size bir ev verelim. "Hâlâ bir eviniz yok mu, Yuh size!" diyenler. Daha neler neler... Meğer hayat ne kadar güzelmiş de biz farkında değilmişiz. Ardından spor haberleri: Taraftarlar üzgün, gol atanlar, atamayanlar, küme düşen takımlar. Evet, işte asıl dert bunlar. Sen onu bunu kendine ne dert ediyorsun kardeşim? Sen kulübün başına kim geçecek onu düşün. Bak, hafta sonu maç var. İki bağırır, bir slogan atarsın. Bayrağı bir o yana bir bu yana sallarsın. İçin ferahlar. Evde yemek yokmuş, baban kirayı ödeyemediği gerekçesiyle kendini asmak için nalbura ip almaya gitmiş, sana ne! Sen hiç o mavi gözlü kızın TV'de, üzeri çikolata kaplı dondurmayı ne büyük bir şehvetle ve aşkla yediğini gördün mü? Al bir dondurma; ye, otur aşağı. Git bir de kredi çek. Farkında değil misin, bankalar seni senden daha çok düşünüyor. Hazır seni düşünenler varken, sen kendini düşünüp niye zahmet ediyorsun ki? Bak, Çatalca'ya bir kanal açılıyor şimdi. Artık İstanbul'da iki boğaz olacak. Bu hükümet başta kaldıkça üçüncüsü de olur, dördüncüsü de. Sen düşmüşsün kendi boğazının derdine.

Ayıptır ya, yapmayın. Nankörlüğün bu kadarı da fazla. Koyun krediyi cebinize, dondurmanızı da şehvetle yalarken, bir de reklam şarkısı söyleyin: "Hayat ne güzel" diye. Verin oyunuzu da iktidara, dönün 4 "oda" bir salon olan evinize, pencereden denizi seyredin.

Bakın, gazete okumazsanız, haber dinlemezseniz, karnınızın gurultusuna kulak tıkarsanız, bir de babanızın işten çıkarıldığını görmezden gelirseniz "O zaman hayat güzel!"

Tam yazımı noktalamıştım ki, telefonum çaldı. Bir arkadaşım arıyor. "Bak," diyor, "sevdiğin arkadaşın Hulki Cevizoğlu da sorgulanıyormuş. Ya senin de başına bir şey gelirse?"

"Yatağımda öksürerek öleceğime, canımı vatan için vermek evladır," diyorum.

Yok... Demiyorum. Biraz kahramanca olur. İyisi mi ben bunu söylememiş olayım. Siz de bana son gelen telefonu bilmemiş olun. Zaten siz uyuyordunuz, öyle değil mi? Uyumamış olanınız varsa da dinleyin bir reklam, oradaki şarkılara eşlik edin. Hâlâ mı olmadı? Gazetenin spor sayfasını açın. Anahtar sözcük: "O gol kaçar mıydı be!"

Tabii ya... Önemli olan, "O golün" kaçmaması. Daha önemli ne olabilir ki?

Kırkayak

Turnedeyiz. "Fırıldak" adlı politik oyunumuzu her gün başka bir şehirde oynuyoruz. Bir anlamda halkın sesi olduğumuz için, ayakta alkışlıyor seyirci oyunumuzu. TV'de yasaklanınca, biz de tekrar dört elle tiyatroya sarıldık. Gece Antalya'da oynadık oyunumuzu. Belediye Başkanı bizi Antalya'nın ünlü restoranı Yedi Mehmetler'de ağırladı. Gece de otelde iyi bir uyku çektim. Haftada iki gün (perşembe-pazar) köşe yazısı yazıyorum. Şimdi perşembe günkü yazımı yazmak üzere masamdayım. Kâğıtlar önümde, kalemlerimi kalemtıraşla açtım. Ayrıca silgim de var. Yazmak için ilham bekliyorum. Önce bir tuvalete gideyim. Belki ilham beni orada yakalar. Bildiğim kadarıyla Türkün aklı orada gelirmiş. Antalya'dan bir gün önce ismini vermek istemediğim bir şehirde seyircinin büyük ilgisine rağmen, belediye başkanı oyundaki dokundurmalara dayanamayarak, perde arasında kaçtı. Önce ANAP'lıymış, sonra iktidar partisine geçmiş. Malum bizim oyunumuzun adı da "Fırıldak". Aslında afişten uyanmalıydı konuya. Hadi o kaçtı, onu anladık. Ben, kaymakamın kaçışına bir anlam veremedim. Sen devletin kaymakamısın, az sonra da vali olacaksın. Bu korku ne? Hani AKP'nin kaymakamları, valileri var ya, belki o da onlardan biridir. Ama hem başı örtükler hem de açıklar çok alkışladı oyunu. Halkımız bir başka canım. Kurban olurum ben onlara.

Evet, tuvaletteki işim bitti. Sifonu çektim, elimi yıkadım gibi ayrıntılara girmiyorum. Hemen yazımın başına oturmalıyım. Zira iki saat sonra otobüs hareket edecek. Yeniden kalemleri kalemtıraşta döndürüyorum. İlham hâlâ ortalarda yok. Aslında daha kahvaltı da etmedim. Bir sandviç söylüyorum kendime, ilhamı getirmese de aklımı başıma getirir.

Sandviç, bir İngilizin ismi. Kumarbaz bir adam bu Mr. Sandviç. Kumar masasından başını kaldıramıyor. Bana diyor; şöyle ekmeğin arasına salam, kaşar, bir şeyler koyup getirin. Yeter ki ben masadan kalkmayayım. Diğer kumarbazlar da bakıyorlar ki bu bir kolaylık, bize de Mr. Sandviç'in yediğinden getir diyorlar. İşte sandviç, ismini buradan almış. Neyse sandvicimi yedim, tekrar oturdum kâğıtların başına. Kalemleri tıraşlamıyorum bu kez, çünkü tıraşlana tıraşlana küçüldüler. Önümdeki kâğıtlar hâlâ süt beyazı. Acaba tuvalete bir kere daha mı gitsem? Kapı çalıyor, Oh! Gene kurtuldum. Oyuncu arkadaşlarımdan birini hıçkırık tutmuş, bir türlü geçmiyormuş.

"Bana bir çare bul," dedi.

Ben de "Senin oynarken üst üste alkış aldığın bir sahne var ya, oyundan o sahneyi çıkarıyorum. O kısım biraz uzuyor," dedim.

Belli etmiyor ama çok üzüldüğünü hissediyorum. "Belediye başkanı," diyor. "Çok güzel bir ziyafet çekti bize. O Yedi Mehmetler, ne güzel bir restoranmış öyle."

Dedim, "Öyledir." Bir sene, *Son* adlı filmimizin Antalya galasındayız. Önce Yedi Mehmetler'de yemek yedik. Ardından da filmimizin gösterildiği sinemaya koştuk. Filmden önce konuşma yapmam lazım. Konuşmaya başlamadan önce önümü iliklemeye çalıştım. Bir türlü iliklenmiyor. (O sıralar yüz on kiloydum.) Duruma bir bahane bulmam lazım. Eee, seyirciye saygımdan önümü ilikleymem de şart. Ne var ki ceket kavuşmuyor. "Suçlusu Yedi Mehmetler restoran," dedim. "Az önce orada yemekteydik. Ben bu Yedi Mehmet'in altısını yemişim. Birini de bıraktım ki, müessese devam etsin. Şimdi oranın adı 'Mehmet'in Yeri' oldu."

İnsanlar bir hayli güldüler. Arkadaşım "Yahu, hıçkırığım geçti," dedi, "seninle konuşmak bana iyi geldi."

"Oyundan en çok alkış aldığın bölümü çıkaracağım dedim ya, korkudan geçti hıçkırığın."

Kapıda ayaküstü sohbet ediyoruz. "Yazı yazacağım, bir türlü başlayamadım," diye dert yanıyorum. "Sana hıçkırık üzerine bir fıkra anlatayım, ondan sonra beni rahat bırak," dedim.

İkinci Dünya Savaşı. Sürekli bombalanan bir şehir, yıkılan binalar. Her taraf toz, duman. Bombalar düşmeden önce adeta ıslık çalıyor. İki genç sığınakta. Gençlerden birini hıçkırık tutmuş. Yanındakine "Hadi korkut beni de hıçkırığım geçsin," diyor.

Fıkrayı beğenmedi anlaşılan. Ya da anlamadı. Konuşmaya devam ediyor. "Belediye Başkanı'nın önümüzdeki seçimler için yorumu, umutlandırdı beni. Eğer diyor, seçimlerdeki oy kaçaklarını önleyebilirsek, bunlar yerlerinde duramaz. Bazı bölgelerde muhtar ile bir partili, alıyor seçim pusulalarını ellerine, iktidar partisi lehine dolduruyorlar. Araya üç beş tane de öteki partileri çiziktiriyorlar ki, kimse uyanmasın. Ölüler bile oy kullanıyor. Bazen de bütün bir apartman yok sayılıyor. Bu duruma karşı bir tedbir almak lazım ama nasıl?"

Arkadaşımı savuşturduktan sonra, geçiyorum otel odasındaki çalışma masamın başına. Kâğıtlar bana bakıyor, ben kâğıtlara. Biz insanlar, kâğıt kadar saf ve temiz bir doğayı kirletmeyi nasıl da başarıyoruz. Daha bir satır bile yazmadan telefonum çalıyor. Oh, diyorum içimden. Telefonla konuşayım, ondan sonra yazarım. Çünkü hissediyorum, ilham yakınlarda bir yerde. Geldi gelecek. Arayan, Aslı isminde bir arkadaşım. "Herkes yeni oyununuz 'Fırıldak'tan övgü ile söz ediyor. Ben provalarda bayağı korkmuştum. Oyunun 'seyirciye geçmesi' mutlu etti beni," diyor.

"Aslı, bak sana bir şey anlatacağım:

Nazi Almanya'sında bir mizah ustası sahnede şovunu yapıyor, Naziler de ön sırada komedyeni izliyorlar. Komik anlatıyor: Taş taş üstünde kalmamış, insanların üstleri başları yırtık. Perişan halde sürükleyerek ölülerini taşımaya çalışıyorlar. Çocukların ayakları çıplak, başları bitli. Bir dilim ekmek için her şeyi yapabilecek durumdalar. Tam o esnada, tozun dumanın arasından göz kamaştırarak bir Rolls Royce otomobil süzülerek geliyor. Eğilip otomobilin içine bakıyoruz, deri koltuklara Nazi subayları kurulmuş.

Naziler bu hikâyeye çok bozuluyor. Kulise girip komedyeni derdest ediyorlar. Komedyen 'Tamam!' diyor, 'Tövbe. Düzelteceğim. Yeter ki canımı bağışlayın.'

Ertesi gece gene aynı şov. Nazi subayları önde yerlerini almışlar. Şovmen aynı hikâyeyi anlatıyor.

'İnsanlar aç perişan, bir dilim ekmek can pahasına. Uzaktan gelen bir otomobil gözlerimizi kamaştırıyor, markası Rolls Royce.'

Naziler pürdikkat ağzına bakıyorlar sanatçının ne diyecek diye.

Sanatçı devam ediyor; 'Eğilip Rolls Royce'un içine bakıyoruz: Hayret Nazi subayları yok!'

Salonda seyredenler de memnun, Naziler de."

Telefondaki Aslı'ya "Biz mizahçılar söylenilmesi gerekenleri nasıl söyleyeceğimizi iyi biliriz," diyorum. Karşılıklı kapatıyoruz telefonları.

Ulan ne ilhammış. Hâlâ ortalarda yok. Son bir kez daha gideyim tuvalete.

Tuvalete oturuyorum, hemen yanı başımda beyaz bir küvet uzanıyor. Birden dikkatimi çekti, içinde bir kırkayak var. Ödüm patlar haşereden. Kırkayak, küvetin dik duvarlarına tırmanarak özgürlüğüne kavuşmak istiyor. Çıkardım ayağımdan ayakkabımın tekini, bekliyorum. Çıkmayı bir başarsa ezeceğim başını. Ne var ki, tırmanıyor, tırmanıyor, sonra tutmuyor ayakları, tekrar küvetin içine yuvarlanıyor. Gene de ayakkabı ile bekliyorum. Ne zaman sonra mahluk, küvetin daha yatık olan duvarını keşfediyor, başlıyor tırmanmaya. Tam özgürlüğüne kavuşmayı başardı ki, yedi kafasına ayakkabıyı ve ruhunu teslim etti.

Oda kapısı çalıyor. Oğlum, otobüsün hareket etmek üzere olduğunu söylüyor. Ben de ona "Yetiştiremedim yazıyı. Başlarının çaresine baksınlar," diyorum. "Sebep soracak olurlarsa 'ilham gelmemiş' dersin."

3 Mayıs 2011
Antalya

Kovboyculuk oynuyoruz

Amerika... Daha anamızın karnındayken bize müdahale eden, ceninken tanıştığımız, bebekken ülkemize kakaladığı mamalarını yediğimiz Amerika... İlkokulda süt tozunu sulandırıp süt diye içirmedin mi bize? Yeni çıkan ilaçları kobay gibi denemedin mi üstümüzde?

Kovboy filmleri oynardı sinemalarımızda. Daha çocukluğumuzda özenirdik sığır çobanlığına. Kovboyculuk oynardık sokaklarda. Silahı, tabancayı bize tanıtıp sevdiren kovboy filmleri değil miydi? Amerikan emperyalizmini daha bebekken mama olarak yalayıp yutturmadın mı bize? Daha neler yutturdun neler. Amerika kıtasını, gerçek sahipleri yerlilerin elinden onları öldürerek alırken, kovboy filmlerinde bu yerlilere, Kızılderililere bizi düşman etmedin mi?

Kahraman Amerikalılar, hep kahraman olarak çıkmadılar mı filmlerde karşımıza?

Bu kahramanlar Superman olarak uçmadı mı beyazperdede. Biz de hep alkışladık, durmadan alkışladık. Bize ne verdiysen yedik. Giydirdiğini giydik, şarkını söyledik.

Vietnam'ı altüst ettin, hallettin; şimdi de Ortadoğu'yu iyi ediyorsun. Sonra bunları film yapıyorsun, hap yapıyorsun, bize yutturuyorsun; hem de susuz.

En son filmin "Usame Bin Ladin."

Yahu bu adamı terörist olarak dünyanın başına bela etmek için sen eğitip salmadın mı ortalığa? Sonra da kendi yarattığın canavarı kendin yok ettin. Hem de kimseye sormadan. Amerikalılar kahramanca bir operasyonla, çatışarak Usame'nin evine girdiler ve işini bitirdiler. Bize de seyredip alkışlamak düştü. Adamı, elinde silahı dahi yokken çocuklarının gözü önünde yargısız infaz edip katledeceksin, sonra da oldu bittiye getirip cesedini denizin ortasına atacaksın. "Yemezler!" diyebilseydim keşke.

Yerler... Yeriz... Geri kalmış bütün ülkelere yedirirsin.

Neden yargılayıp da infaz etmedin acaba? Usame'nin bir şeyler söyleme ihtimalinden mi korktun? Sonuç: "Oldu da bitti maşallah."

Sen Ortadoğu'yu karıştırırken, kepçenin ucunu da bize tutturuyorsun. Bu konuda çekilecek Hollywood yapımlarını en yakın zamanda bekliyoruz. McDonald's ve *popcorn* yiyip, yanında da *cola* içerek alkışlayacağız yapıtlarını.

Suçum suçsuz olmak

Bir ara ben de belediye başkan adayı olmuştum Üsküdar'dan. Seçim öncesi sabahları buluşuyoruz, kiraladıkları eski bir minibüsün içine üç beş partili ile birlikte doluşuyoruz. Minibüsün üzerinden avaz avaz bir marş çalıyor. Arabanın içinde bir arkadaşımız, elinde mikrofon adeta haykırıyor. "Başkanımız geldi" diye. Başkanları da benim hesapta. Henüz aday olmamama rağmen, herkes başkan diyor bana. Bir iki gün ciddiye almıyorsunuz, sonra siz de kaptırıyorsunuz ve başkan sanıyorsunuz kendinizi.

Gene bir gün tepemizde hoparlör yeri göğü çınlatıyor, çığırtkan elinde mikrofon yırtıyor kendisini "Başkanımız geldi," diye. Saat daha erken. Muhtemelen hafta sonu. Marşlar çalıyor, arkasından bir adam boğazının damarları kabarmış, gözleri avazlanmaktan pörtlemiş bir şekilde biraz da kısılmış sesiyle, "Haydi başkanımız geldi," diyor. Perdeler çekiliyor, pencereler açılıyor, insanlar "Hay başkanınıza," der gibi el hareketi yapıyorlar. Tabii bu hareketler gıyabımda bana yapılıyor. Fazla paraları yok. Sağa sola afiş, bez gibi şeyler asamamışlar. Benim resimlerimden oluşturdukları afişleri de minibüsün üstüne asmışlar. Camlara, lastiklere, nereye denk gelmişse artık. Şoför, tam önüne yapıştırılmış iki afişin arasından ne görüyorsa, gördüğü kadarıyla sürüyor arabayı. Az kalsın bir iki seçmeni sakat bırakacaktık.

Gene marşlar çalıyor. Bağırmaktan iyice sesi kısılmış pörtlek şahıs, adeta son nefesini verircesine "Başkanımız," diyor. "Başkanımız geldi kalkın!" Belki de bir pazar sabahı.

"Hay başkanınıza."

İnsanların el kol hareketlerini, cama yapıştırılmış afişimin deliğinden görüyorum. Köhne bir kahvenin önünde duruyoruz. Çay mı içeceğiz? İyi olur diyorum. "Yok, siz burada konuşma yapacaksınız," diyorlar. Sürükleye sürükleye kahveye sokuyorlar beni. Gömlek bir yerde kravat bir yerde giriyoruz kahveye. Kahvede ilk bakışta üç beş masa göze çarpıyor. İki masada adamlar taş oynuyorlar. Diğer masalar boş. Selam veriyoruz sempatik görünmeye çalışarak. Adamlar selamımızı zar zor alıyor. Kahveci çay dağıtırken ekşi bir suratla ağzını oynatıyor. Galiba küfrediyor. Gene geldiler gibisine. Çünkü belli ki bizden önceki partilerin minibüsleri de uğramış oraya.

Çığırtkanımız bir kez daha yırtıyor kendini. "Başkanımız geldi!"

Milletin ipinde değil.

Kapının önünde toplanmış birkaç kedi köpek, sağa sola kaçışıyor sadece.

"Başkanım, masaya çık," diyor birisi. Kolumdan çekiştiriyor. Diğeri "Yok, yerden konuşsun."

Ceketimin sağ kolu sökülmüş, düştü düşecek. Az önce omuzlardayken pantolonumun da ağı yırtıldı. Donum görünüyor. Zor idare ediyorum. O sırada iki masadan biri homurdanarak kahveyi terk ediyor.

Kaldı mı bize bir masa, yani dört kişi?

Hah! biri de tuvaletten çıktı, etti beş. Hiç yoktan iyidir. Neyse konuşmamı yapıyorum; adamlar oynadıkları oyundan başlarını kaldırmadan dinliyorlar beni. Ya da ben öyle zannediyorum. Bizimkilerden biri, "Yeter başkan. Bunlar anladılar anlayacaklarını. Bu kahveden dört oy bizim. Hadi pazaryerine gidiyoruz. Orası kalabalık olur şimdi," diyor.

Tekrar yapışıyorlar kollarıma. Bu kez, sökük olan kolum tamamen kopuyor. Pantolon da düştü düşecek. Ayaklarım yere basmadan ulaşıyoruz arabaya. Araba dolu. Beni de tepesi üstü saplıyorlar minibüse. Havadaki ayaklarım yüzünden kapı kapanmıyor. Aynı marşlar baştan çalınıyor. Çığırtkanın sesi kısıldığından, sadece ağız hareketlerini görebiliyorum.

"Seçim çalışması böyle mi olur yahu?" diyorum tepetaklak. Yaptığımız görüntü ve ses kirliliğinden başka bir şey değil.

O yılki belediye seçimlerinde, ben on altı bin oy aldım. CHP otuz küsur bin. AKP de kırk bin civarında.

Demek ki ben CHP'den aday olsaydım, kendi oyum artı CHP'ninkiler, kesin başkandım.

Önümüzdeki belediye seçimlerinde gene talibim başkanlığa. Omuzlara alınmak ve de parmak yemek, alışkanlık yarattı bende.

Günümüzde parti başkanları konuşma yapacakları zaman, oradan buradan kalabalık etsin diye adam topluyorlar. İnsanlar da uyandı artık. Kimse bedavadan kalabalık etmek istemiyor. Sinema filmlerine figüranlığa gider gibi yevmiye alıyorlar. Karınlarını doyurmak için de kumanya.

Liderin birisi halka telefon dağıtırdı. Kimi altın dağıtıyor, kimi erzak veriyor, insanlar bu nedenle toplanıyorlar miting meydanlarına. Yalnızca söz verenler havalarını alıyor. Tansu Çiller ve Mesut Yılmaz gibi politikacıların zamanında otobüslerin üzerinde mini konserler düzenlenirdi. Türkücüler türkü okurdu, halk da onları dinlemeye gelirdi. Konser bittiğinde ise toplananlar dağılır, liderler kendi başlarına kalırlardı otobüslerin tepesinde.

Bir rezilliktir gidiyor sizin anlayacağınız. Liderler konuşurken, kelimeleri art arda sıralayabiliyorlar çok şükür. Ne var ki kelimeler doğru telaffuz edilemiyor. Yani diksiyon, fonetik sıfır. Aslında seçim öncesi bunları toplayıp, bir yıl konservatuvarın ihsari bölümünde eğitime tabi tutmalı.

Geçen gün Devlet Bahçeli bisküviye, "püskevit" dedi. Sonra da, "Doğrusunu biliyorum ama halka yakın olmak için yanlış söyledim," dedi.

Akıl hastanesinin önüne akıllı bir vatandaş yanaşmış, demir parmaklıklı pencereden dışarıyı seyreden akıl hastasına sormuş:

"Siz," demiş, "İçeride kaç kişisiniz?"
Akıl hastası vatandaşın sorusunu, bir başka soruyla yanıtlamış:
"Siz dışarıda kaç kişisiniz?"

Sonradan görmenin tekiyim

Bir tane minibüsüm var. Tıngır mıngır evime gelirken bir baktım, arkamdan homurdanarak tuhaf bir şey geliyor. "Anam bu ney?" demeye kalmadı, dikiz aynasından bir de selektör çaktı gözüme, elimde direksiyon kamaştım kaldım. Vınn'ladı, geçti gitti yanımdan. Arkasından baktım, neydi bu diye; bir Porsche imiş meğer. Demek ki, insanın Porsche'si olunca uçmak zorunda kalıyor. Kullanan şöyle düşünüyordur herhalde: "Açılın len! Porsche geliyor. Boşaltın çabuk yolları! Porsche'nin yanında siz de kim oluyorsunuz? İşte bu araba böyle gider."

Öyle bir geçti ki yanımdan, rüzgârından savrulup ters istikamete dönmüşüm. Uzun bir süre şok geçirdim. Eve mi dönüyorum, yoksa işe mi gidiyorum diyerek. Bu arabalar demek ki böyle yapıyor insanı.

İki yan komşumda kırmızı bir Ferrari var. Araba o kadar yere yapışık ki, delikanlı, timsah gibi sürünerek biniyor arabaya. Sabah giderken ya da akşam geldiğinde benim evimin önünden geçiyor. O geçerken televizyonun ayarı bozuluyor, çanağın yönü değişiyor. Geçen sabah duş açıldı kendiliğinden. Çocuk öyle bir geçiyor ki, evdeki kediler köpekler bir şeylerin altına zor atıyor kendini. Bir köpeğim bu yüzden yatağın altında yaşıyor. Ara sıra kırılan camları değiştiren camcı "Açık bırak camları ağabey," dedi, "Ferrari'nin basıncından kırılıyor camlar."

Bir zamanlar, lüks arabalar benim de vazgeçilmezimdi. Söylemesi ayıp, benim de bir Porsche'm vardı. Ama ben yavaş giderdim. Bir gün bir otomobil yanaştı yanıma. İçindeki genç sürücü "Ağabey, arabanın hakkını versene," dedi. "Araba altında ağlıyor."

Tabii ben süratinde falan değilim. Ben o sıralar sonradan görme olduğum için, işin gösterişindeyim. Şu an doksan kiloyum. O zamanlar yüz on kiloydum. Porsche'yi bana ceket gibi tutarlardı, ben de giyer, arabayı ağlata ağlata gezerdim.

Gene bir gün bir taksi şoförü yanaştı yanıma "Ağabey, piknik tüpü gibi olmuşsun bu arabayla!" dedi. Adam haklıydı. Gerçekten de ceketimin cebine bir avuç leblebi koysam, arabanın kapısı zor kapanırdı.

Bir gün de, kırmızıda durmuş yeşil yanmasını bekliyorum, bir genç yaklaştı yanıma "Levent ağabey, sen halkçı adamsın. Yakışmıyor bu araba sana!" dedi.

Haklıydı.

Sonradan görmeliğimi tatmin eder etmez, bu tür komplekslerimden arındım ve normal yaşamıma avdet ettim. Lüks arabalarımı satıp, üstüne biraz da ilave yaparak İzmit Yuvacık nahiyesinde bir ilköğretim okulu yaptırdım. Artık eskisi kadar görgüsüz değilim.

Dün bugünden daha iyiydi

Yıllar önce daha çocuk yaşlardaydım, annem henüz sağ. TRT'de Enis Fosforoğlu'yla birlikte program yapıyoruz. Başka kanal da yok. Kadın oyuncu olarak da zaman zaman Ayşegül Atik katılıyor bize. Konuları başlık olarak seçiyoruz, ayrıntılarını skeçlerle işliyoruz. Örneğin "sağlık" konusu, sigorta hastanelerindeki düzensizlik, doktorların yetersizliği, vatandaşa kötü davranan hastane personeli, insanların parasızlığı, ilaçların pahalılığı vesaire...

Diyelim ki konu başlığımız "aşk." Gene ekonomik durum giriyor devreye. Evlenmek için para gerekiyor. Evlenecek erkeğin iş sahibi olması lazım. Ama iş yok. İki gönül bir olunca samanlık seyran olmuyor. Kırsal kesimde "aşk" dediğimizde, örfler, âdetler çıkıyor karşımıza. Konu birden namus meselesi oluveriyor, kan davasına kadar uzanıyor. Başlık parası diye bir şey günümüzde bile var. Kız çocukları genç yaşlarda para ile mal karşılığı adeta satılırcasına veriliyor erkeklere. Çoğunun resmi nikâhı yok. Başlığı ödeyen isterse kızın babasının yaşında olsun. Alıyor kızı. Kız, gittiği evde ağır işlerde çalışıyor. Kısa bir süre sonra da kocası kuma getiriyor üstüne.

Konunun başlığına göre işliyoruz bunları. Bunlar Türkiye'nin gerçekleri değil mi? Torpili olanın işi öncelikli olarak görülmüyor mu? Ben rüşvet vermedim diyen var mı içimizde? Dahası Özal "Benim memurum işini bilir," derken, rüşveti yasallaştırmıyor muydu? Yalan mı bütün bunlar?

Gerçekleri objektif olarak dile getirdiğinizde, "yanlı" oluyorsunuz. Hiçbir konuya bulaşmayacaksınız, olup biteni görmezden geleceksiniz. Aptal aptal komediler oynayacaksınız, tek amacınız cebinizi doldurmak olacak.

TRT Genel Müdürü beni odasına çağırdı. Bak, dedi. Hepimiz seni seviyoruz. Halk da istiyor seni. Yahu bu memleketin hiç mi güzel tarafı yok? Kısaca bana, "Bazı şeyleri görmezden gel, havadan sudan bahset, biz de seni ekrana çıkaralım" diyor. Dedim ülkenin güzel taraflarını siz kameranızla çekip yayınlayın. Mizah, birtakım şeyler aksamaya başladığında çıkar ortaya. Diyelim bir sokakta bir ev yanıyor. İtfaiye gelmiş, park etmiş otolar yüzünden yanan eve ulaşamıyor, hortumu da yetmiyor. Al sana mizah. Konunun komşunun taşıma suyuyla sönmüyor yangın. İtfaiye de yangını seyrediyor, ev de cayır cayır yanıyor.

Vatandaş evinin kirasını ödeyemediği için, çocuklarını okutamadığı için, gizliden organlarını satışa çıkarıyor. Hadi buyurun size mizah.

TRT'de ilk sansüre uğradığım program bir meddah programıydı. "Çivici Bekir Usta" diye bir öykü yazdım, tek başıma da oynadım. Hikâye şöyle:

El emeği göz nuru özel çivi yapan bir ustaya, padişahın kolcuları geliyor ve padişahın tahtını süsleyecek özel başlıklı çiviler istiyorlar, hem de çok sayıda. Üstelik gün ışırken çivilerin hazır olmasını istiyorlar. Usta, yetiştiremem diyorsa da, dinletemiyor. Kolcular, "Yetiştiremezsen kellen vurulacak, ona göre!" deyip gidiyorlar. Usta işe koyuluyor. Allah büyüktür, diyor. Artık ne kadar yetişirse. Gün ışığında elindeki çivileri sayıyor ve istenilenden çok az olduğunu fark ediyor. Belli ki kellesi gidecek. Duasını ediyor ve kolcuları beklemeye koyuluyor. Çok geçmeden kolcular geliyorlar ve şöyle diyorlar çiviciye: "Padişahımız efendimiz, sabaha karşı vefat etti. Tahtı için hazırladığın çiviler, tabutunda kullanılacak. Elinde ne kadar varsa bize ver," diyorlar.

Hikâye, meddahın "ilahi adalet" kıssasıyla sona eriyor. TRT'nin denetimcisi, ezberlenmiş, fevkalade oynanmış ve çekilmiş bu meddahtaki her türlü emeği göz ardı ederek "Yayınlanamaz bu!" diyor. Kalbi kırılmış bir emek sahibi olarak, çok kibar bir şekilde soruyorum:

"Neden acaba?"

"Hikâyenin sonunda padişahı öldürmüşsün," diyor sansürcü. "Niye?" diyorum, "padişahlar ölmez mi? Benim tanıdıklarımın hepsi öldü."

"Senin burada ne söylemek istediğin apaçık ortada" diyor ve kalkıp gidiyor. Arkasından bakakalıyorum.

"Siz Olsaydınız Ne Yapardınız?" diye bir program yapıyoruz. "Komünizm propagandası yapıyorsunuz" diye kaldırdılar yayından. Rahmetli annemin dikkatini çekiyor durum. Soruyor bana; "Oğlum seni neden televizyonda göremiyorum?" Anneme cevabım şöyle: "Onlar benim istediklerimi yayınlamıyor, ben de onların ısmarladığını yapmıyorum, sebep bu."

TV'de yeni bir dönem başladı. Yasaklı olmama rağmen beni davet edip program yapmamı istediler. Ben de onlara "Olacak O Kadar" programını önerdim.

Evet... "Olacak O Kadar" ilk TRT'de başladı. Önce TRT 2'de yayınlandı. Program tutunca 1. Kanal'a geçtik. Ancak yirmi dört bölüm çalışabildik. TRT denetimi kök söktürdü bize. Mesela soruyorlardı "Neden programın adı 'Olacak O Kadar'? Bu isimle ne demek istiyorsunuz?" diyorlardı. "Yani olmayan ne?"

Biz programı dışarıdan yapıp satıyorduk TRT'ye. Çekilmiş program bandını Ankara'ya ben götürüyordum. Kesilirken pazarlık edeyim de daha az kesilsin diye. Program bandını yedi sekiz kişilik bir ekip izlerdi. Her biri ayrı ayrı yerlere takılırdı. İstedikleri yerler kesildikten sonra altmış dakikalık program, otuz beş dakikaya inerdi. Düşünebiliyor musunuz yirmi beş dakikalık bir kesinti. Kapardım kaseti kaçardım TRT binasından. Ben karşı kaldırımdan, onlar da pencereden pazarlık yapardık. Ortak bir yerde anlaşır, tokalaşırdık. Ancak, akşam yayın esnasında programı izlerken, gene bildikleri gibi kestiklerini görüp küplere binerdim.

"Olacak O Kadar"ın ilk bölümünde Oya'nın oynadığı "Nebalet" isimli bir anons spikeri vardı. Stüdyo şefi Rıfkı ile sürtüşür dururlardı. Rıfkı'yı da Sinan Bengier oynuyordu. Oya, ona tartışmasının sonunda "Çekilebilirsin Rıfkı" derdi. Rıfkı çekilirdi, konu da kapanırdı.

Gene bir gün Ankara'da sansür kurulu "Olacak O Kadar"ı sansürlüyor. İçlerinden biri kalktı bana bağırmaya başladı: "NE BU YAHU RIFKI, RIFKI! Bu Nebalet denilen kadın başka isim bilmez mi? Bundan sonra bu adamın adı değişecek!" dedi, vurdu kapıyı çıktı dışarı.

Diğerlerine sordum: "Neden kızdı bu?"

"O denetimcinin adı Rıfkı. Ondan kızdı," dediler.

Padişahın yanında yağmur yağacak dediğiniz zaman, padişah "Bana ördek mi demek istiyorsunuz?" dermiş. Tiyatro Tarihi dersinde okumuştuk. Padişah ortaoyunu izliyor. Oyunda kâhya "İbiş işini bilir" diye bir cümle sarf ediyor. Padişah kızıyor "Ne demek İbiş işini bilir? İbiş işini bilir de biz bilmez miyiz?" diyor. Kimse de bir şey diyemiyor.

Kısa bir süre sonra da bize, TRT Daire Başkanlığı'ndan mektup geldi.

Mektupta aynen şunlar yazıyordu:

Çok başarılıydınız. Güzel bir program yaptınız. Biz de TRT yönetimi olarak çok büyük gurur duyduk. Ancak ne var ki, kurumumuz sizi bir müddet dinlendirmeye karar verdi.
Başarılarınızın devamını dileriz.

Daire Başkanı İsim ve İmzası

Gene elli kişi civarında çalışıyorduk programda. Ben de arkadaşlarımı topladım. "Onlar beni dinlendiriyor, maalesef ben de sizi dinlendireceğim," dedim. "Artık siz de ev sahibinizi, bakkalınızı, aklınıza kim geliyorsa onu dinlendirin."

Hepinize yasaksız günler diliyorum. Dileğim ne kadar gerçekleşebilir, artık orasını bilemem. Ben kırk altı yıllık meslek hayatımda, bu fırsatı fazla yakalama şansı bulamadım.

Kalbim küt küt atıyor

Cem, çocukluk arkadaşımdı. Annesi Toto Karaca'ya ikimiz de anne derdik. Ayrıca Toto anneyle oynama şansına sahip olmuş sanatçılardan biriyim. O yıllarda biriktirebildiğim üç beş kuruş parayla İstanbul'a, vizyona yeni girmiş filmleri izlemeye gelirdim. Cem ile Çiçek Pasajı'nda rakı içer, sonra da film seyrederdik. Çünkü İstanbul'da vizyona giren filmler, Ankara'ya bir yıl sonra gelirdi. Bir gün içinde üç ayrı filmi birlikte izlerdik. Sonra da onun, Bakırköy Tayyareci Sadık Sokak, Karaca Apartmanı'ndaki evinde kalırdık.

Çok yetenekli bir sanatçıydı. Çok okurdu. Şair ve edebiyatçı idi. Ayaküstü inanılmaz şarkı sözleri yazar, hemen oracıkta gitarı ile bestelerdi. Zekâsına, enerjisine hayran olmamak imkânsızdı. Gülmeyi, eğlenmeyi çok severdi. Onu en çok güldürenlerden biri olduğum için, çok sık da kavga ederdik. Ama sonu mutlaka tatlıya bağlanırdı. Beni İstanbul'a gelmem için ikna etmeye çalışırdı. Hayatımda gördüğüm ilk şöhretti o. Şöhret ona yakışırdı. Konserlerini spor salonlarında verirdi. Otuz-otuz beş bin kişi hep birlikte söylerdi Cem'in şarkılarını. Allahına kadar devrimciydi. Kitleleri ardından sürükleyecek bir güce sahipti ve de cesurdu. Bugün ondan söz edilirken, bu devrimci yanından bahsedilmemesi beni üzüyor.

Bir dönem devrimciliği ve ilericiliği yüzünden haymatlos ilan edildi. Yani vatandaşlıktan çıkartıldı. Bu nedenle yıllarca Almanya'da yaşadı. İnanılmaz sıkıntılar çekti. Toto Anne, oğlunun affedilmesi için az bakan kapısı aşındırmadı. Ama nafile...

Hiçbir olumlu yanıt alamıyordu. İki gözü iki çeşme oğlunu görmek için Almanya'ya gider gelirdi.

Yurt özlemi, çok kahretti Cem'i. Sonunda Turgut Özal'la konuşup anlaşarak Türkiye'ye döndü. Döndüğünde insanlar onu başka bir kişi olarak algıladılar. Dönek yaftası yapıştırdılar sırtına. Oysa durum hiç de öyle değildi. Cem her zamanki gibi gerçek bir devrimciydi ve öyle de kaldı.

TRT'de, sanki Almanya'ya iş gezisine, seyahate gitmiş de dönmüş gibi veriyorlar hikâyeyi. Şimdi onu, kendilerinden biriymiş gibi getiriyorlar ekrana. "İşçisin sen, işçi kal!" şarkısını çalıp durdular. Şarkı hakkında yorumlar yaptılar. Kimse, "Bu bir devrimci şarkıdır," diyemedi. "İşçi sınıfının ezilmişliğini anlatıyor bu şarkı," diyemedi.

Bugün bazı gençler onu taklit etmeye çalışıyorlar. Sırf bu yüzden şöhret olanları bile var. Bence Cem, taklit edilemez ve de edilmemeli. Ayrıca, yüzlerine gözlerine bulaştırıyorlar. Herkes kendisi olsun, Cem'i rahat bırakın.

Sık sık kavga ederdi babası Mehmet Karaca ile. Mehmet Karaca, Şehir Tiyatroları'nın emektar bir aktörüydü. "Sen şimdi şarkıcı mı oldun?" diyerek Cem'le alay etmeye çalışırdı. Cem de inadına onu kızdırırdı. Ben de ikisinin kavgasına kahkahalarla gülerdim. Çünkü komik olurdu bu kavgalar. Toto Anne bile söz geçiremezdi onlara. Mehmet Amca "Sen kendini adam mı sanıyorsun?" derdi. Cem'de cevap hazır: "Toto Karaca ile Mehmet Karaca'nın prodüksiyonu bu kadar olur," derdi.

Vatandaşlıktan çıkarılmadan önce, bir süre beraber çalıştık. Konserlerde Cem'in okuduğu şarkıların önüne ben, kısa oyunlar yazmıştım. Önce o oyunları oynardık, arkasından da Cem şarkılarını söylerdi. Benimle ilgili bölüm geldiğinde şöyle anons ederdi beni: "Şimdi de bilekli, yürekli, devrimci yoldaşım Levent Kırca'yı çağırıyorum huzurlarınıza."

Devrimciliğimin Cem'in ağzından sahne üzerinde zikredilmesi, çok hoşuma giderdi.

Bir gün münakaşa ettik, küstük birbirimize. O akşam konserde sıra bana geldiğinde, gene beni devrimci kardeşim diye takdim edeceğini beklerken "Şimdi de biraz gülelim!" diye anons etti. Dedim ya, çocuk gibiydik. Küser küser barışırdık. Ama birbirimizden hiç kopmazdık. Defalarca gözaltına alındı Cem. İşkence gördü, dayaklar yedi ve hastanelerde yattı. Bunlar hiç olmamış gibi Cem'den bahsetmek, tuzu biberi olmayan bir yemek pişirmeye benziyor. Cem'in tiyatroculuğu da vardı. Beraber çok oynadık. Annesiyle de oynadı. Hatta bir iki tane film bile çevirdi. Filmlerden birinin çekimine ilk gün birlikte gittik. Götürdüler bunu bir mezarın başına, "Hadi ağla!" dediler. Haklı olarak ortalığı birbirine kattı "Kimin mezarı lan bu!" diye. "Tamam ağlayayım da, kime ağlıyorum, onu bileyim."

Eline yalandan bir senaryo vermişler. "Ağabey, çocuğun ölmüş işte. Sen ağla, gerisini senarist bir taraftan uyduruyor," diyorlar. Bizimki bağırıyor: "Kim ulan bu çocuk? Niye ölmüş? Sarışın mı esmer mi? Tanımadığım birine nasıl ağlayayım ağabey?" dedi ve ağlamadı.

Çok hazır cevaptı, espriliydi. Ankara'da bir gece işkembeciye gittik birlikte. Çorbalarımızı içtikten sonra Cem, irmik helvası istedi. Önümüze gelen helvaya, neredeyse hiç şeker koymamışlar. Cem garsonu çağırdı. "Oğlum" dedi. "Bari bir kesmeşeker getir de, helvayı kıtlama yiyelim."

Cem bana sık sık şu fıkrayı anlatırdı:

Hoca eline bir saz almış, tutmuş bir perdeyi bırakmıyor. Bir yandan mızrabı da vuruyor, hep aynı ses çıkıyor. Karısı diyor ki: "Hocam, bu nasıl saz çalmak? Saz çalanlar ellerini aşağı yukarı gezdirir dururlar. Sen tutmuşsun bir yeri, bırakmıyorsun."

Hoca'nın yanıtı şöyledir karısına:

"Onlar benim tuttuğum yeri arıyorlar!"

Biri bizi fena benzetti

27 Mayıs İhtilali yeni olmuş, ablam Ankara Hukuk'ta okuyor. Annem Ankara'ya gidiyoruz dedi. Ablama sahip çıkmak amacıyla Ankara'ya taşındık. Bahçelievler semtinde bir apartman dairesi kiraladık. Babam yok. Annem, ablam ve ben. Samsun'dan sonra Ankara bize epeyce pahalı geldi. Annem asgari ücretle geçinmeye çalışan bir öğretmen. Üç odalı evimizin diğer ikisini Ankara'da üniversitelerde okuyan iki akraba kızına kiraya vermişti. Ancak onların katkılarıyla döndürebiliyordu evi.

Evde başka insanların da olması, beni çok mutlu ediyordu. Zira can şenliği oluyorlardı. Ben henüz on iki yaşındaydım. Bahçelievler Cumhuriyet Lisesi orta bir öğrencisiydim. Çok güzel bir semtti Bahçelievler. Ne var ki birinci yılın sonunda, annem elindeki parayla geçinemeyeceğimizi anlayınca, bizi Yeni Mahalle semtine taşıdı. Orada kiralar biraz daha makuldü. Gürler Sokak'ta iki katlı bir evin alt katını tuttuk.

Ev sahibimiz Bekir Bey isimli bir astsubaydı. Emekliydi ve o zamanlar Ergenekon olmadığı için, sürekli evinin ve bahçesinin tadını çıkarırdı. Şen şakrak bir adamdı. Sesi çok güzeldi. Evlerinin balkonunda rakı içerken, bir patlatırdı şarkıyı, bizim de kulaklarımızın pası silinirdi. "Sahilde saba rüzgârı" adlı besteyi güzel okurdu.

Kışın salona soba kurar, etrafa kenetlenirdik. Odalara da salonun ısısı yansırdı. Çişim geldiği zaman canım tuvalete gitmek istemezdi. Çünkü soğuktan popom donardı. Ev genelde yazları güzel olurdu. Bahçede çiçekler açar, evin içi mis gibi çiçek kokardı. Ne var ki Ankara'nın iklimini bilen beni iyi anlayacaktır; yazlar çatır çatır sıcak olurdu.

Bir tel dolabımız vardı. Dört bir tarafı sinek teliyle kaplı, içine sinek böcek giremezdi. Biz de yemeklerimizi, sebzelerimizi o dolapta saklardık. Ayrıca su küpümüz vardı. Samsun'da suyu çeşmeden içmemize karşın, Ankara'da at üzerinde satılan damacana sulardan alırdık. Küpün içinde su daha da ısınır, içmeye kalktığımızda imamın abdest suyu gibi olurdu. Oturduğumuz sokakta, iki ya da üç evde buzdolabı vardı. Düşünebiliyor musunuz, koca sokakta üç tane. Biz çocuklar sokakta oynarken parmağımızla gösterirdik, "Bak bu evde buzdolabı var," diye.

Bazı akşamlar misafir geleceği zaman, annem benim elime bir naylon tas tutturur, git komşudan buz iste derdi. Ben de soğuk su içeceğiz diye sevinir, hiç ikiletmezdim annemi. O ödünç buzları sulara atar, meyve kâselerine koyar, üzümleri soğuk soğuk yerdik. Ama bir geceliğine. İkinci kez kapılarına gittiğimde ya onlara da misafir geliyor olurdu ya da buzu az önce başka bir komşuya vermiş olurlardı. Soğuk su içme umudum kırılır, dünyam yıkılır, popoma baka baka eve dönerdim.

Bir gün kapı çaldı. Annem, arkasında iki hamal, hamalların elinde bir buzdolabı. Belli ki yeni almış. Nasıl sevinmiştik. Salonun başköşesine yerleştirildi buzdolabı. Üstüne örtüsü de örtüldü. Annem hemen koşturdu beni, biraz meyve, şundan, bundan alayım. Hani konuya komşuya gösterirken dolap boş durmasın da mahcup olmayalım diye.

Karşısına geçer otururduk dolabın. Aman ne keyif. O zamanlar taksitli satışlar yeni başlamış. Ankara'da istediğin her şeyi on iki taksitle alabiliyorsun. Annem gaza gelip, bir de merdaneli çamaşır makinesi aldı. Birkaç ay taksitleri aksatmış olacak, bir gün kapı çaldı. Üç tane adam belirdi kapıda. Bu benim haciz memurları ile ilk tanışmamdı. Buzdolabını, çamaşır makinesini, radyoyu ve taban halısını da alıp gittiler. Biz gene kaldık sıcak suya. Oysa annem komşulara hitaben daha yeni balkon konuşması yapmıştı.

"Artık bizim de dolabımız var. Sıcak günlerde hep imdadımıza koştunuz, bizi serinlettiniz. O nedenle sizinle helalleşmek istiyorum."

Öğretmen arkadaşlarından borç para aldı, gidip eşyalarımızı yedieminden kurtardık. Hep borçluydu. İki yakası bir türlü bir araya gelemedi.

Ev sahibimiz Bekir Bey'in evinde telefon da vardı. Ara sıra üst kata çıkar, ücreti mukabilinde Samsun'daki teyzemleri arardık. Telefonu ilk kez kullanmanın verdiği şehevi arzuyu hiç unutamıyorum. Ahizeyi kulağına götürüyorsun, önce hat düşüyor, ardından santrale yazdırıyorsun görüşmek istediğin numarayı. Numarayı bir iki saat içinde bağlıyorlar. Öyle normal yazdırdın mı havanı alırsın. Çok acele ya da çok yıldırım yazdıracaksın. Tabii, fiyatları da ona göre. Telefonla konuştuk diye zevkimizden göbek atardık. Bekir Bey "Bu telefonun faturası bize ağır geliyor, şunu paralel çektirelim, hem sizin hem bizim olsun," dedi. Rahmetli annem çok cesurdu. Hemen atladı teklife.

Artık telefonumuz da vardı. Acaba zengin mi olmuştuk?

Annem ardından komşulara bir balkon konuşması daha yapıp helalleşti. O yıllarda gerçekten yokluk içindeydik. Ama öğretmen Bahriye aldığı asgari ücretle gül gibi yaşattı bizi. Ruhu şad olsun.

Galiba daha mutluyduk. Henüz komşuluk, dostluk ölmemişti.

Bugün oturduğum evde komşum bahçesine koyun almış. Köy nostaljisi yaşamak istiyor. Koyun da yirmi dört saat hiç durmadan "Bee," diyor, başka da bir şey demiyor. Daha önce de bir horozu vardı. Horozu da sabah beş altı gibi mesaiye başlardı.

Şimdi ben de nostalji yaşamak istesem, boynunda kocaman bir çan, bir inek alsam bahçeye, o da "Böö" dese, diğer komşumun taksiratı ne? O da bahçesine bir suaygırı alıp koysa havuza. Artık tam National Geographic belgesellerinde yaşar gibi yaşarız.

Öldüm öldüm dirildim

Otuz dokuz derece ateşle ve dinmek bilmeyen bir ishalle, apar topar Amerikan Hastanesi'ne attım kendimi. Gittiğimde amacım yatmak değildi. Hani şöyle bakarlar, arkasından bir ilaç verip beni eve yollarlar diye düşünüyordum. O nedenle hiçbir hazırlığım yoktu. Yani yedek bir külot dahi almamıştım. Amerikan Hastanesi'nde, hasta çok ciddiye alınır. Daha beni görür görmez herkes elinde bir şırıngayla kan görmüş vampir gibi üstüme abanıyor, şırıngaları sokup sokup çıkarıyorlar. Yahu durun kardeşim, hastaneye mi geldik, eskrim salonuna mı? Sürekli şişleniyoruz.

"Bu neydi?"
"Kan aldık."
"Peki ya bu?"
"Bu da kan ama başka bir tahlil için."

Şu kan bunun için, bu kan şunun için... Yahu biraz da bana bırakın, dedim. Vücuduma yeterince delik açıldıktan sonra geceyi hastanede geçirmeme karar verdiler. Bir yandan otuz dokuz derece ateş, bir yandan dinmek bilmeyen bir ishal ve dinmek bilmeyen bir terleme. Üstümü başımı çıkarıp soymaya başladılar beni. Donumu da çıkardılar. Galiba, dedim, bu sefer namus da gidiyor elden. Kefenin çiçeklisi diyebileceğimiz bir örtü giydirdiler. Ensemden de berber önlüğü gibi bağladılar. Yedek donum da yok. Aynı çiçekli örtüden don da diktirmişler. Onu da kıçıma giydirdiler. *Unisex* oldum. Ateşin de verdiği havale ile, erkek hademenin gözlerini benden alamadığını hissettim.

Hemşirem Cansev Bal ve doktorum Kasım Kazbay, bana bir bebeğe bakar gibi baktılar. Yatak hazırlanırken kanepede oturup, baygın gözlerle onları izledim. Aslında daha çok yatağı izledim. Her tarafında kollar, düğmeler. Bir basıyorsun yükseliyor, her basılacak yerine basıldığında yatak başka bir hal alıyor. Uçan daire gibi bir şey.

Aç pencereyi, bas bir düğmeye, tak vitese ve bas git bu dünyadan.

Sonra mevcut deliklerimle birlikte yatağa yatırdılar beni. Yatak isterseniz kolunuzu kaldırıyor, isterseniz bacağınızı. Tek tek parmaklarınızı bile oynatıp kaldırabiliyor. Acaba şeyi de kaldırır mı diye soracaktım, hemşireden utandım. Yatakla aramızda bir elektriklenme oldu. Beni hayatta bu yataktan daha iyi anlayan çıkmadı bugüne kadar. Bas bir nikâh, otur aşağı. Ya da yat aşağı.

Her deliğimden birer kabloyla birtakım aletlere bağladım. Dedim ya, görüntü: "Ya uzaydan yeni geldim ya da az sonra gideceğim." İshalimi o gece için kesmeyi başardılar. Geçirdiğim havale ile bu kadar deliğe kabloya ne gerek vardı diye düşünüyordum. Mucit Bülent, kolay bir çözüm bulurdu. Açardım kıçımı Bülent'e, bir musluk takıverirdi. Hastabakıcı Âdem ağabey, sabah odaya girdiğinde beni yatakla birlikte duvardaki tablonun yanına tırmanmış olarak buldu. Gece farkında olmadan yatağın arazi vitesi ile oynamışım.

Ben çocukken rahmetli öğretmen emeklisi annem, taksiye bindiğinde gözü para sayacında olurdu. Sayaç cebindeki miktarı bulunca şoföre "Tamam yavrum, sağda dur," derdi. Ödemesini yapardı, sonra yolun geri kalan kısmını da yürüyerek giderdik. Ben de o hesap, bir an önce tüymek istiyorum hastaneden. Doktor Kasım Kazbay ile anlaştım. O bir iki gün daha kal, filan dediyse de, kandırdım adamcağızı, ilaçlarımı evde almaya devam edeceğimi söyledim ve kendisiyle vedalaştım. Yalnız yataktan ayrılmak çok zor geldi bana. Yatak da arkamdan iç çekip, titreyip durdu. Âdem ağabey koydu beni tekerlekli iskemleye, düştük muhasebenin yollarına. Bir yandan gidiyoruz, bir yandan da düşünüyorum:

Acaba annemin taksiden doğru zamanda indiği gibi, ben de yataktan zamanında inebildim mi?

Çünkü bu devirde uzun zaman işsiz kaldım. Hastane sahipleri dostlarımdı. Daha önce hastaneye yattığımda hem hayatımı kurtardılar hem de bana hissettirmeden ciddi bir indirim yaptılar. Ama bu kez orada olduğumdan haberleri bile yoktu. Zaten ayıp da olurdu artık. Faturayı bana çıkarıp uzattıklarında, yataktan zamanında inemediğimi anladım.

Yahu kırk altı yıllık sanatçıyım, son on beş yılımda devlet sanatçısı da olmuşum, iyi bir hastanede tedavi olmak neden benim de hakkım olmasın ki? Bundan ben utanmamalıyım. Kim utanacaksa o utansın. Önceden de tanıdığım hastane çalışanı Semra Hanım, hızır gibi yetişti imdadıma. Ben muhasebe elemanlarına "Deliğin tanesini kaça açıyorsunuz?" diye sorarken, anladı durumu. "Sen dur bir dakika," dedi bana ve kayboldu. Aslında ben SSK'lıyım. Bir kere kan aldırmaya gittim sigorta hastanesine, oturttular beni bir koltuğa, iğneyle kolumu delip, koltukta aldılar kanı.

Kadıncağız az sonra döndü. Muhasebecinin kulağına eğildi ve bir şeyler söyledi. Ücretin o anda yarıya yakını siliniverdi. Bunu nasıl başardığını sordum Semra Hanım'a. "Teşekkürü bana değil, Doktor Kasım Bey'e borçlusun," dedi. Anladığım kadarıyla Kasım Bey kendi alması gereken ücretten vazgeçmişti.

Sadece teşekkürün yetmeyeceğini çok iyi biliyorum. Semra Hanım ve Kasım Bey gerçek iyilik perileri. Böyle bir hastanenin varlığı elbette ki ülke için büyük şans. Perşembe yazımı oluşturabilmek için biraz da şakayla karıştırdım. İyi ve kaliteli bir sağlık hizmetinin pahalı olması gerektiğinin ben de farkındayım.

Ben Koç ailesini, Rahmetli Vehbi Bey'den bu yana tanır ve severim. Bana karşı her zaman duyarlı davranmışlardır. Yeryüzündeki gerçek demokratları korudukları için bütün meleklere teşekkür ediyorum.

Yok devenin başı

Evde ne kadar yıkanırsam yıkanayım, gene de çarşı hamamlarının tadı bir başka oluyor. Geçenlerde Gültepe'deki çarşı hamamına gittim. Sereserpe uzandım göbektaşına. Yatarken, Havza'da ilk hamama gidişimi anımsıyorum. İlkokul son sınıftayım. Annem katar beni yanına, hamama götürür. Tabii, ben de onunla birlikte hamamın kadınlar kısmına girerdim. Annem alır beni dizlerinin arasına, yumruklaya yumruklaya yıkardı. Dedim ya, ilkokul son sınıftayım. Buluğ çağına da yeni ermişim. Sağı solu da dikizlemeden edemiyorum. Hamamdaki diğer kadınlar anneme beni kastederek "Hanım, hanım! Kocanı da getirseydin bari," diye takılıyorlar.

Delikanlılığımda Ankara'da bir çarşı hamamına gittim. Hamit adlı bir tellak, kese masajı ister misin ağabey, diye sordu. "Ne olduğunu bilmiyorum, iyi mi olur?" dedim. "Çok iyi olur," dedi. Eh, hadi yap o zaman.

Bin pişman oldum. Adam beni göbektaşının sıcağında tava getirip, bir tek daldı. Yandım Allah... Ayağımı kalçamdan büküp başımın üstünden tekrar taşa değdiriyor. Bu ben miyim yer jimnastikçisi mi? Belime sarıldı. Bir salladı beni, tandırdan yeni çıkmış koyun gibi lime lime döküldü etlerim sıcak taşta. Ayak parmaklarımı çekerek sündürüyor. Normalde en fazla iki santim olan parmaklarım ahtapot kolları gibi uzuyor, yedi sekiz santim oluyor. Allahım neydi bu başıma gelen demeye kalmıyor, boynuma bir yapış, bir sağ yap bir sol, bir kütürdet beni. Çıkan ses saatlerce yankılanıyor hamamın kubbesinde. Bitti zannederken başımdan aşağı bir de kaynar su dök. Tavadaki kızgın yağa su damlamış gibi "cos"ladım. Ardından hamam tasının tersini olanca gücüyle başıma vurdu. Kafatasımla hamam tasının tokuşmasından çıkan ses, hamamdakileri kedi yavrusu gibi sağa sola kaçırttı. Enseme de bir şaplak attı. "Ben Hamit," dedi, "çıkınca gör beni."

Şeytan görsün seni Hamit! diye içimden geçirdim. Dışımdan söylesem ya belimi kıracak ya boynumu.

İki gün sonra baktım canım gene hamam çekiyor. Tuhaftır ama özlemişim Hamit'i. Bir daha bir daha derken Hamit'le ayrılmaz bir hamam ikilisi olduk. Ben bir de isim taktım bize: "Hamamböcekleri."

Tevekkeli değil. İnsanlar kendini ezene oy veriyor. Altyapımızda böyle bir alışkanlık var demek ki. Becer beni, ez beni, al oyumu. Oh, ne âlâ memleket.

Deve

Adana turnesinden dönüyoruz. Uçağa binerken pilot beni merdivenlerde karşıladı. "Ağabey," dedi, "Hakkınızda güney bölgesi yazarlarından birinin yazdığı köşe yazısını kestim. Bu yazı beni çok üzdü. İstersen sana verebilirim kupürü" dedi.

Yazıya ayaküstü bir baktım. Müjdat Gezen, Uğur Dündar, Yılmaz Özdil, Bekir Coşkun ve bana söylemediğini bırakmamış. Dedim boş ver yahu. Bu kadar değerli insanla anılmak benim için bir onurdur. Hele ki, Atatürkçüyüz, diye saldırıyor. Ben bu adamı ciddiye bile almam. Yazının köşesinde yazarın bir de resmi var. Resmi, gözlüğünün sapını ağzına sokmuş öyle çektirmiş. Dedim gözlüğünün sapını yanlış yerine sokmuş. Mabadına sokup da çektirseymiş daha manalı olurmuş.

Konuşmamıza tanık olan yolcular ve hostesler gülmekten yattılar yerlere. Köşe yazarımız yazının içinde bir yerde şöyle buyuruyor:

"Bu adamlardan hıncımı bir türlü alamıyorum. Bir yerde karşılaşsam yüzlerine tükürürüm."

Bizimle hep beraber bir yerde gerçekten karşılaşsa ve tükürmek istese, sekizimize birden tükürüğü yetmez. Ancak birimizin yüzünü ıslatabilir. Hepimize birden tükürebilmesi için ya "lama" olması lazım ya da "öküz." Bilirsiniz develer güzel tükürür.

Sonuç olarak yazı canımı sıkmadı. Nihayetinde "deve" de bir hayvandır. Ben devenin kusuruna bakmayacak kadar olgunum.

Sahte gıda

Vatandaşlarımız, sahte gıda ile içkiler yüzünden zehirleniyor, hatta ölüyor. Kimin umurunda?! Devlet meşgul; dizilerdeki sigaraları mozaikliyor.

Bir uzman konuşuyordu televizyonda. "Aman," diyor, "dikkat!.." Spiker de soruyor: "Peki bir öneriniz var mı? Vatandaş korunmak için ne yapsın?" Uzman gülüyor. Çünkü bu sorunun cevabı yok. Gene de "Ucuz mal yemesin, büyük markalardan şaşmasın," diyor.

Sen bu sahte gıdaları marketlerde uluorta satacaksın, dar gelirli kendini koruyabilmek için pahalısını yiyecek. Hangi parayla? Örneğin sosisin ve sucuğun hayvan atıklarından yapıldığı söyleniyor. Yani bağırsak, tırnak, deri gibi şeyler bir de talaşla karıştırılıp bol biberle ağıza layık hale getiriliyor. Biber tuğla tozuymuş.

Sokaklarda satılan köfteler, kokoreçler... Başıboş at, köpek, kedi vesaireden yapılıyormuş. Biz de bunları yiyoruz.

Bu gıdaların hiçbirinin üzerinde mozaik yok.

Mozaik yetmiyor tabii. Eldeki bütün mozaikler dizilerde, filmlerde kullanılıp tüketiliyor. Alçıyı torbaya doldurup üstüne un yazıyorlar. Beyaz boyayı suyla karıştırıp dolduruyorlar şişeye, üstüne süt yazıyorlar. Bence vatandaş bundan böyle yiyeceklerini marketlerden değil, inşaat malzemeleri satan yerlerden, marangozhanelerden, nalburlardan ve de hayvan barınaklarından doğrudan doğruya alsın. Hem ne yediğini bilir hem de daha ucuza gelir.

Ben çocukken...

Dar gelirli bir annenin çocuğuydum. Sık sık söz ediyorum, siz de artık biliyorsunuz. Teyzem ve anneannem birlikte oturuyorlar. Yani evleri aynı. Durumları da bizimkinden daha iyi. Çünkü babadan kalan malların üzerine oturmuşlar. Annem kocaya kaçtığı için sözde cezalandırılıyor. Ben de istenmeyen, suç meyvesi oluyorum. Gene de ara sıra onlarda yiyip içiyoruz. Ama, benden bir esirgeme durumu var. Ben de sivri zekâlı bir çocuğum. Portakalları ikiye kesip kabuklarını toplu iğneyle birleştiriyorum. Karpuzların da içini boşaltıp aynı işlemi yapıyorum. Dışarıdan baktığında bütün olarak duruyorlar, yani görüntü öyle. Teyzem her gün kontrol ediyor. Hepsi yerli yerinde. Benim de bu kontrolden sonra güvenilirliğim artıyor. Ne zaman ki yemek için onlara uzanıyor, işte o zaman durum anlaşılıyor ve vaveyla kopuveriyor.

Anneannemin odası lokumlarla, çikolatalarla dolu. Fırsat bulsam araklayacağım ama kadın odayı terk etmiyor. Neredeyse çikolataların üzerine kuluçkaya yatacak. Ne yapıp yapıp çıkarmam lazım onu odadan. O zamanlar dış kapılar, yani sokak kapıları tokmaklı. Ya tokmağı vuruyorsun kapıya "Ben geldim" diye ya da kapıya bir delik delinmiş, delikten geçen ipin bir ucu hemen kapının arkasındaki çana bağlı, ipin diğer ucu da kapının sokak tarfında bir mandala bağlı. Ben geldim, diyebilmek için yapışıyorsun mandala, ipi çekiyorsun. İçeride çıngırak çınlıyor. Ev sahibi de çıngırağı duyunca birinin geldiğini anlıyor. Neyse...

Çikolataları araklayacağım ama anneannemi odadan çıkarmam lazım. Siyah makara ipini çıngırağa bağlıyorum. Sonra ipi sala sala gelip odada anneannemin karşısındaki sedire oturuyorum. Karşılıklı bakışırken çaktırmadan çekiyorum makaranın ipini. Kapının çıngırağı çalıyor, doğal olarak anneannem birisi geldi zannedip kapıyı açmak için odayı terk ediyor. İşte beklediğim an... Hemen çikolataları yaldızlı jelatinlerinden çıkarıp cebime dolduruyorum. Yerlerine de sokaktan topladığım çakıltaşlarını tekrar jelatine sarıp kutusuna koyuyorum. Anneannem döndüğünde "Allah Allah, kapı çalmadı mı yahu? Ben mi yanlış duydum?" diyor. Ben de, çocuklar çalıp kaçmıştır, diyorum. İçimden, çocuklar kapıyı çalarken ben de çikolataları çalıyordum, diye geçiriyorum ve kıs kıs gülüyorum. Sonra da kapının önüne çıkıp, kaldırıma oturup afiyetle çikolataları yiyorum. Ne zaman ki misafir geliyor, misafire çikolata ikram ediliyor, misafir soyuyor çikolatayı, çakıltaşı elinde kalıyor. Ev sahibiyle anlamsız bakışıyorlar. Ardından da bakışlar bana dönüyor.

"Sobe!"

İyi ki de o çikolataları o zaman afiyetle yemişim. Şimdi şekerim var yiyemiyorum. O günleri anımsayıp tatmin oluyorum sadece.

Çocukluk güzeldi. Bunu bilir, bunu söylerim...

Durdurun dünyayı, inecek var

Acaba "komedinin" önemini nasıl vurgulayabilirim, diye düşünüyorum. Mesela insanın tarifinden yola çıkabiliriz. "İnsan gülen hayvandır," diyoruz ve biliyoruz ki canlılar içinde yalnızca insan güler...

Gülmeceyi tarif ederken de "sadece insan komiktir," diyoruz. Bir dağ, bir ağaç ya da deniz komik olmaz. Yani komik bir ağaç olamaz. Ağaç, yaşlı, beli bükülmüş bir insana benzediği için, komik olabilir. İlla ki, insanla ilişkilendiriyoruz... Bir maymun bize komik geliyorsa, insana benzediği içindir. Güldüğümüz şeylerin kalitesi, bizim kişiliğimizi belirler. Komiklik yapmak "zekâ" belirtisidir. Toplumu ağlatmak kolay. Zaten her an her vesileyle ağlıyor insanlar, güldürmek zordur, herkes yapamaz. Kültürsüz, sağlıksız ya da gelişmemiş insanlar daha ilkel şeylere gülerler. Bebekler zekâları henüz gelişmediği için nanik yaparsınız, gülerler. Gülmecenin kalitesi, gülenlerin her açıdan sağlıklı insan olmasını gerektirir. Bir akıl hastasının gülmesini ölçü olarak alamayız. Bir şeyi birine ciddi bir şekilde söyleyebilirsiniz. Çok sert tepki verir, "şaka şaka" deme olasılığınız ortadan kalkar. Dalga geçmek, şaka yapmak, güldürerek eleştirmek, her zaman daha etkilidir ve iz bırakır. "Ne adam yahu, kırdı geçirdi bizi... Nereden de bulur bunları?" dediğiniz kişi, özel bir kişidir. Nüktedan kişiler, esprili insanlar, her zaman dikkat çekerler ve odak noktası olurlar. Espriyi yapan insan kadar, gülmesini bilen insan da önemlidir. Güldüğünüz şey sizin kalite seviyenizdir.

Bugün dünya üzerinde dram aktörlerinin sayısı çok fazladır.

Oysa komedyenler, güldüren, güldürebilen kişiler, parmakla sayılacak kadar azdır. Çoğunluk "dramcı" olduğu için, komedyenler ve komedi küçümsenir. Yerli yabancı komedilere bakıyorum, genelde çok sıradan ve seviyesiz buluyorum. Çünkü yazanlar, yapanlar yetersiz. Yerli komedilere bakıyorum, şaklabanlık dediğimiz şey çıkıyor karşıma. Soytarılık komedi zannediliyor. Herhangi bir dizide, dikkat ediyorum hemen hemen bütün karakterler "geri zekâlılığa" yaslanıyor.

Baba geri, anne geri, çocuk da öyle, kapıcı da öyle, bakkal da... O zaman seyirciyi de geri zekâlı yerine koymuş oluyorsunuz ve de ayıp etmiş oluyorsunuz. Komedi önemli bir şeydir, onu ciddiye almak lazım... Sosyal içerikli komedi elbette tadından yenmez. Ancak sosyal konulara değinmeden güldürmek daha da zordur. Kısıtlı malzemeyle iyi yemek yapmaya benzer.

Ailelerimizde yaşadıklarımızdan ve günlük olaylardan yola çıkıyoruz. Yazar arkadaşlarıma yazdırdım. Pek çok senaryo geldi elimize ama hemen hemen hepsi yetersizdi. İş bana düştü, oturdum kendim yazdım. Uzun soluklu bir iş olacağına inanıyorum... Hadi hayırlısı... Bize başarılar...

Tembellik

Genelde tembellik yaygındır. İki önemli nedeni var. Birincisi, "zaten yaptığımız işe üç on para veriyorlar, niye daha fazla çalışayım ki," düşüncesi sizi tembelliğe, üretmeden tüketen durumuna iter. İkincisi, hükümetler... Sonuç olarak devlet sizi hep ezmiş, hep üzmüştür. Memurun, emeklinin durumu örnek olarak gösterilebilir. Sen, beni açlık sınırının altında çalıştırıyorsun, beni eğitmiyorsun, sağlığımla ilgilenmiyorsun, beni açlık sınırında yaşatıyorsun, ancak vergiyi benden kesiyorsun. Sosyal haklarım yok. Kendi ülkemde üçüncü sınıf adam muamelesi görüyorum. O zaman, sana niye çalışayım? Çalışmayarak, ben de senden intikam alıyorum durumu. İşin kötüsü tembellik sâridir. Yani bulaşır. Birisi esniyorsa, siz de ondan sonra esnemeye başlarsınız. Bütün gün karşılıklı esner durursunuz.

Bir gün işe örnek bir kişi gelir. Çalışkandır. Yöneticiler onun çalışkanlığını baz alır. Diğerlerinin çalışmadığını fark eder. "Siz niye çalışmıyorsunuz? Bakın arkadaşınız ne güzel çalışıyor," der. Bu yeni gelen çalışkan kişiyi, kendi durmunuzu ortaya çıkaracak diye paçasından çeker alaşağı edersiniz.

Bir müessese düşünün ki yukarıdan aşağıya kadar herkes rüşvet alıyor ve artık bu durum "sistemleşmiş." Sizi de oraya tayin ettiklerinde, siz de payınıza düşen rüşveti almazsanız, sizi sürerler... Siz de göze batmamak için, işinizden olmamak için, payınıza düşeni yersiniz. Çünkü sistemin çarkları tersine işliyordur. Bir tek sizin dürüstlüğünüz çarkı düz çalıştırmaz. Ünlü oyun yazarı rahmetli Oktay Arayıcı "Seferi Ramazan Bey'in Nafile Dünyası" adlı oyununda sisteme ayak uyduramayan, namuslu bir komiserin nasıl oradan oraya sürülüp, telef olduğunu anlatır... Onun için "böyle gelmiş böyle gider" sözü, hep var olacaktır. Çünkü bu sistem dediğimiz şey kapitalizmin ta kendisidir. İyi örnekler alaşağı edilir.

Lütfen hatırlayınız, Turgut Özal "Benim memurum işini bilir," derken, rüşvet yemeyi mubah kılıyordu... Bugünse, rüşveti yok edemedikleri için, belli bir miktarına memura verilen hediye gözüyle bakıyorlar... Bugün rüşvet vermeden pek çok kurumda işinizi gördüremez, rüşvet vermeden arabanızın gazına basıp gidemezsiniz. Rüşvetin küçüğüne hediye, büyüğüne yolsuzluk diyoruz... Tabii, yakalanırsanız...

Günümüzde görüyoruz ki, maçlar da satın alınıyor... Önceden satın alınmıyor muydu? Yarın alınmayacak mı? Futbolcuyu, antrenörü satın alacaksın, gücünü "sermaye" belirleyecek. Bu parası olanın güçlü olduğunu göstermiyor mu? Ben o takımı tuttuğum zaman, sermayeyi tutmuş olmuyor muyum? O takım için ölüyor, öldürüyorum. Peki beni ezen "sermaye" değil mi? "Kapitalizm" değil mi? Bir anlamda beni ezen sermayeyi mi tutmuş oluyorum?

Kaçakçılık almış başını gidiyor... En önemlisi de uyuşturucu kaçakçılığı... Uyuşturucu bütün dünyanın başına bela. Ara sıra göstermelik olarak birilerini yakalıyoruz. Perde arkasından kamyonlar yollarına devam ediyor.

Devlet okuluyla özel okul neden bir değil? Devlet hastanesiyle özel hastane aynı mı? Benim suçum yoksul olmak mı? Beni ezen kapitalizm değil mi?

Anneler günü, babalar günü, sevgililer günü ekonomiyi hareketlendirmek, benim cebimdeki parayı çekmek için icat edilmedi mi? Kandırılan ben değil miyim? Anneme hediye alamadığım için üzülen ben değil miyim? Bankalar benim iyiliğimi mi düşünüyor, yoksa paramı mı? Reklamlar beni kandırmak için, cebimdeki parayı almak için değil mi? Neden bazı insanlar "VIP"?

Bazıları kırmızı halıda yürür, bazıları şosede yayan... Bir memur çok çalışarak namuslu yoldan zengin olabilir mi? İnsanlar paralarının hesabını neden veremez? Mal varlıkları neden açıklanmaz... İsviçre bankalarına yatan kara paraların nereden geldiği, neden sorulmaz? Kara para aklanır. Hırsız karakolda saklanır. "Böyle gelmiş böyle gider", "Çalışan kazanır." Bunlar atasözlerimiz. Çalışan "nah" kazanır. Sistem böyle işliyor, çarklar böyle dönüyor. Birileri aniden zengin oluyor. Dünyanın dörtte üçü açlık sınırının altında yaşıyor. Amerika, vatandaşlarının yüzde yetmişinin obez olduğunu bilmiyor mu? İstese bunun önüne geçemez mi? Geçmek istemez... Çünkü tüketim azalır, ekonominin dengesi bozulur. İlaç sektörü, hastalıklar kazanmaz mı?

Kapitalizm öyle bir şeydir ki, bazen de yapay hastalıklar icat eder. Bunu kazanmak için yapar. Savaş çıkarır, silah satar.

İşin sonu kötüye varacak. Rahmetlilerimize dua okutuyoruz. Bedava mı? Sevap parayla satın alınabilir mi?

Fakirlik kader değildir...

"Birileri daha iyi yaşayacak," diye, fakirlik vardır.

Dünyanın düzeni fena halde bozuldu!

Durdurun dünyayı, inecek var...

Hayat avucumuzda bir serçe kuşu: Uçtu uçacak...

Sahnede gülmek, güldürmek çok büyük bir keyiftir. Bir de bunu seyirciye çaktırmadan yapabilirseniz tadından yenmez.

Rahmetli Altan Erbulak çok sevdiğim bir dostumdu. Sekiz derece miyoptu. Gözlük camları şişe dibi gibiydi. Oynadığı oyunlarda da gözlüksüz oynuyor, yani bir metre ötesini zor görüyordu.

O zamanlar pazartesi geceleri repo dediğimiz tatil gecelerimizdi. İşte böyle bir gecede Altan ağabeyi oyun var diye evden alıp tiyatroya getiriyorlar. "Yahu bu gece tatil değil mi?" diyecek oluyor, "Bir kulübe toplu satış yaptık," diyorlar. Neyse ziller çalınıyor oyun başlıyor...

Bütün kadro sahnede hazır, iki saat durmaksızın oynuyorlar.

Bazı geceler her zamanki oyun reaksiyonlarını alamazsınız. Ne kadar yırtınırsanız yırtının, seyirci gülmez, alkışlamaz. Biz tiyatrocular, bu tip seyircilere "Fransız" deriz. Altan Erbulak sonradan bu olayı bana naklederken, "Ulan çıt yok salonda," diyor. "Ben seyircinin Fransız'ını gördüm de bu kadarı fazla."

Neyse oyun bitiyor, el ele tutuşup selam vermeye başlıyorlar. Salonda alkış da yok. Altan ağabey o zaman uyanıyor. "Getirin lan bana gözlüğümü!" diyor. Gözlüğünü taktığında salonda bir tek seyircinin olmadığını, oyunu seyircisiz oynadıklarını anlıyor. Bütün ekip kahkahalar atarak yerlerde yuvarlanıyor. Sırf gülebilmek için Altan ağabeye şaka olsun diye tatil gecelerini feda edip, seyircisiz salona oynuyorlar.

Gene aynı tiyatroda oyuncuları tam kadro sosyetik bir yemeğe davet ediyorlar. Rahmetli Turgut Boralıda var yemekte. Yemekler yeniliyor, sıra tatlılara geliyor. Garson, Turgut Boralı'ya yanaşıp "Sufle alır mısınız?" diyor. (Sufle sütlü bir tatlının ismi.) Turgut ağabey de "Yok sufle almayız, ezberden oynarız," diyor. (Sufle aynı zamanda oyun esnasında sahne gerisinden oyuncuya, oyunun metnini hatırlatmak için söylenen sözler demek.)

Biz yıllar önce Ankara Maltepe Komedi Tiyatrosu'nda Nazi Almanya'sında geçen bir oyun oynuyoruz. Ben de genç bir Nazi subayı rolündeyim. İki üç Nazi, önümüze diz çökmüş bir Yahudiye işkence yapıyoruz. Yumrukluyoruz, tekmeler atıyoruz, dizimizle karnına vuruyoruz. Yahudi gık demiyor. Bütün bunlara soğukkanlılıkla göğüs geriyor. Kibritleri çakıyoruz, alevini suratına yaklaştırıyoruz. Yahudi tınmıyor bile. Sahne devam ederken elimdeki sönmüş kibritin kor halindeki kısmını Yahudiyi oynayan arkadaşımızın yırtık omzundaki çıplak tenine değdiriyorum. Oyunda böyle bir şey yok. Ben bunu kendiliğimden yapıyorum. Adam oyunu bırakıp "Yandım anam!" diye fırlıyor sahnenin orta yerine. Omzunu sıvazlayarak "Ne yaptın lan?" diyor, "yaktın beni!" Biz de, seyirciler de bu duruma gülüyoruz.

Sahnede yaptığım bu ilk şakam, bana bir maaşa mal oluyor.

Orhan Erçin Tiyatrosu'nda bir vodvil oynuyoruz; Filiz arkadaşımız Erçin'in karısı rolünde, rol icabı her gece elindeki kavanozun içinden kaşıkla yoğurt yiyor. Yoğurt beklediği için küfleniyor. Orhan ağabey bana "Şuna bir formül bul" dedi. Ben de "cam kavanozun içine yoğurt yerine alçı koyalım. Kaşığı da alçının içine saplayalım, o da yiyormuş gibi yapsın" dedim. Onay aldıktan sonra da dediğimi gerçekleştirdim. Kavanozun içi yarıya kadar alçı dolu, kaşık da ona saplı, ne var ki kaşık kavanozun herhangi bir cam kenarına değmiyor, öylece donmuş. Oyun başladı, Filiz bir ara dalgınlıkla kavanozu içindeki kaşıktan tutup sallaya sallaya taşımaya başladı.

Seyricinin kahkahaları hâlâ kulaklarımda çınlıyor. Bir maaşım da o tiyatrodan kesildi.

Küçükçiftlik Parkı'ndaki çadırımızda "Üç Baba Hasan" adlı

oyunumuzu oynuyoruz. Salonda oyunu 1500 kişi izliyor. Biz de mizansen gereği bağdaş kurmuş oturuyoruz sahnede, konuşuyoruz. Oyun da devam ediyor. Bir oyuncu arkadaşım antresi olmadığı halde sahneye girdi. Yanıma bağdaş kurdu. Çaktırmadan kulağıma eğilip usulca "Ağabey," dedi. "Polisler geldi. Salonda bomba olduğuna dair ihbar almışlar, oyuna ara vermeni istiyorlar. Arama yapacaklarmış." Oyun devam ediyor... Ağzımdan oyuna ait lafları sarf ederken bir yandan da ne yapacağımı düşünüyorum. Sahnenin önüne gelip de seyirciye hitaben "Efendim, salonumuzda bomba varmış, siz iki dakika bahçeye çıkın, polisler bombayı arasınlar. Bulamazlarsa tekrar içeri gelirsiniz," desem, eminim ki içeride buluna kalabalık çığlık çığlığa kapılara koşacak, bomba olmasa bile, birbirlerini ezecekler. Yaralananlar, hatta Allah göstermesin ölenler dahi olacak. Bir yandan da oyunumuza devam ediyoruz. Oya da durumun farkında, gözleriyle "Ne yapacağız?" diye soruyor adeta. Büyük bir soğukkanlılıkla, belli etmeden sahne sonuna kadar oynadık. Sahne sonunda perde arasıymış gibi üzerimize perdeyi kapattırıp, oyuna ara verdik. İki perde olan oyunumuz, o akşamlık üç perde oldu. Seyirci ihtiyaçları için fuayeye çıktı, polisler rahat rahat salonu aradı. Bomba olmadığını anlayınca çekip gitti. Biz o gece hiçbir vukuat yaşamadan oyunumuzu başarıyla oynayıp bitirdik. Seyircinin ruhu bile duymadı.

Birkaç sene sonra gene aynı sahnede Victor Hugo'nun *Sefiller*'ini oynuyoruz. Değerli aktör arkadaşım Tekin Siper de müfettiş Javer'i oynuyor. Salon gene dolu. Sahnede oyun bir yandan oynanmaya devam ediyor. Benim antreme daha sıra var. Sahne altındaki makyaj odamda oturmuş bekliyorum. Bir yandan da tepemde oynanan oyunu dinleyerek takip ediyorum. Sahnede Tekin Siper oynuyor. Ne var ki repliklerini böyle bir tuhaf, kekeleyerek söylüyor. Bir iki cümle sonra da şarkısını söyleyecek. Aniden susuyor. Tiyatroya bir sessizlik hâkim oluyor. Yukarı sahneye koşarken düşünüyorum, teknik bir arıza mı oldu diye. Sahneye vardığımda Tekin Siper'in sahne üzerinde yerde boylu boyunca yattığını görüyorum. Seyircide çıt yok. Kalakalmış sahnede olup biteni izliyor. Arkadaşlarım sahnede yatan Tekin Siper'i sarsıyorlar. Bileklerini ve alnını ovuyorlar. Bir arkadaşım ağzına zorla kesmeşeker sokmaya çalışıyor. Bayıldı ya da tansiyonu düştü diye düşünüyorlar herhalde.

"Durun," dedim. "Çekilin adamın başından. Bence kalp krizi geçiriyor." Sahnenin önüne koştum, seyirciye "Aranızda doktor var mı?" diye sordum. Bir hanım, bir bey hemen fırlayıp geldiler. Kısa bir muayeneden sonra bayan doktor beni kolumdan kenara çekip oturttu.

"Metin olun. Arkadaşınız sahnede kalp krizi geçirip vefat etmiş," dedi.

Kalakaldım...

Ne zaman sonra seyircilere, "Arkadaşımız Tekin Siper oyun esnasında geçirdiği kalp krizi nedeniyle vefat etti, başımız sağ olsun," diyebildim. "Lütfen girerken oyuna ödediğiniz bilet paralarını çıkarken gişemizden alınız."

Seyirci salonu terk ediyor ve Küçükçiflik Parkı'ndaki tiyatromuzun perdesi bir daha "aynı yerde" açılmamak üzere tamamen kapanıyor.

Tekin Siper'in sahnede ölümünden bu yana, dokuz yıl geçti siz bu yazıyı okurken. Biz onun dokuzuncu ölüm yıldönümünü idrak ediyoruz. Nur içinde yatsın.

Ölüm kaçınılmaz bir gerçek. Keşke hepimiz sonumuzu bu kadar güzel yaşayabilsek.

Tiyatroya gönül vermiş tüm emekçileri buradan saygıyla selamlıyorum.

Yitirdiklerimize Tanrı'dan rahmet, yaşayanlara sağlık ve afiyet diliyorum.

Yaşam çok çabuk geçiyor ve her şey zaman aşımına uğruyor. Kuş uçmadan, neden insan olmayı beceremiyoruz ki acaba? İnsan olmak bu kadar zor mu?

Hayat avucumuzda bir serçe kuşu: Uçtu uçacak...

Benimle dalga geçmeye var mısınız?

Başımdan iki evlilik geçti. İlk evliliğimden iki oğlum, ikinci evliliğimden de bir oğlum bir kızım oldu. İkinci evliliğimi sürdürürken, birinci evliliğimden olan çocuklarımdan ister istemez uzak kaldım. İkinci evliliğimden boşandığımda, önceki evliliğimden olan çocuklarımla birlikte oldum. Böylece iyi kötü bir balans oluştu kendiliğinden.

Çocuklarımın dördünü de seviyorum. Onlarla arkadaş olmayı başardım. Sorunları hep konuşarak çözdük. Bağırdığım bile çok nadirdir. Ben babamdan ve annemden dayak yemiştim ama çocuklarım benden yemedi. Karılarıma da el kaldırmadım. Benim kitabımda kadına ve çocuğa el kaldırmak yok. Çocuklarım beni sevdi, ben de onları... Çok fazla şapur şupur öpüşen tiplerden değiliz. Daha doğrusu ben uzaktan seviyorum... Rahmetli babam da beni öyle severdi. Verem olduğu için bana mikrop bulaşmasın diye, sehpanın camını yüzüme yaslar, beni camın üzerinden öperdi. Babamdan ancak uzaktan kumanda sevgiyi öğrenebilmişim demek ki...

Evet, ben hiç kimeseye el kaldırmadım ama sevgililerimden biri bu yüzden beni fena halde dövdü. Böyle bir dayağı hayatımda ilk kez yedim. Bir çapkınlık, kıskançlık dayağıydı bu. O bana Allah yarattı demeyip yapıştırıyor, yıldızlar dönüyor başımın etrafında. Kafama koymuşum, ben karşılık vermeyeceğim. Kadına el kalkmaz ilkesini bozmayacağım. Bir yumruk gözüme, burnuma bir kafa. Okkalı bir tekme aşağı mahalleye... Kendimi topladığımda bir baktım, ortalık yerde harmandalı oynar gibi seke seke dönüyorum. Ellerini ayaklarını kara kuşak sahibi gibi kullanıyor. Tekmeler, silleler art arda geliyor. Ses çıkarmadığımı görünce hoşlandığımı zannedip daha da coştu. Yatakta yaylanıp yaylanıp üzerime atlıyor. Saçlarım öbek öbek elinde. Kendimi korumak için ben de onu saçlarından tutarak kendimden uzaklaştırmaya çalışıyorum ama ne mümkün, sağlı sollu yapıştırmaya devam ediyor. Bak, diyorum, ben kalp hastasıyım. Sonra, efendime söyleyeyim kan sulandırıcı ilaç alıyorum. Beyin kanaması geçiririm. Güne katil olarak uyanırsın, dinlemiyor. Bir kere ok yaydan çıkmış. Odanın ortasında yer misin yemez misin? Yerim... Yedim... Şöyle bir on beş dakika kadar sürdü. Harmandalıyla başlayan programımız, Silifke'nin Yoğurdu'yla seke seke sürdü. Kısa bir *slow motion*'dan sonra, yoruldu ve durdu. Dayak cennetten çıkmadır. Demek iyi bir dayak böyle oluyormuş. Belki de meydan dayağıydı yediğim. Yoksa linç mi edildim? Her neyse elleri dert görmesin. Beni halı çırpar gibi çırptı ve silkeledi. Hatırladıkça sırtıma bir ağrı saplanıyor.

Beyler... Eli sopalı beyler... Ben her şeye rağmen el kaldırmadım dikkatinizi çekerim. Gece yattığım yerde, yediğim dayağın tadını gerine gerine çıkarırken, bir yandan da düşünüyordum. Kadın sığınma evleri var. Kocalarından dayak yiyen kadınlar buralara sığınıyor. Biz erkekler için sığınma evleri yok mu acaba? Varsa benim haberim niye yok? Benim tez elden bir yere sığınmam lazım...

İlk sevgili

Günümüzde bakıyorum daha çocuk denilen yaşlarda gençler flörte başlıyor ne güzel. Elbette, bu dediğim büyük şehirlerde oluyor. Gençler el ele tutuşuyorlar, öpüşüp koklaşıyorlar. Başı açıklar da, sıkma başlılar da aynı... Ben çok doğal karşılıyorum. Elbette ki biz de artık modern toplum olduk... Sevgiyi, aşkı engellemeye kimsenin gücü yetmiyor... Şimdi bir genç kız ya da

erkek, anne ve babasıyla konuşarak bu konularda bilgi alıyor...
Benim de oğullarıma taktik verdiğim olmuştur. Kızım yetişkin bir genç kız olduğunda, onu bir AVM'de yanında genç bir delikanlı ile görürsem, görmezlikten mi gelirim yoksa yolumu değiştirir, gerisin geri mi dönerim diye düşünürken, bir gün kapı çaldı. Baktım kızım gelmiş. "Babacığım," dedi. Boynuma atladı. Öpüştük, koklaştık. Hemen ardından "Seni sevgilimle tanıştırabilir miyim?" dedi. Beyefendi bir genç geldi karşıma, tokalaştık. Dedim: "Ben kızımı çok severim, o benim kıymetlimdir... Sakın kızımı üzme." "Merak etmeyin efendim," dedi. Böyle bir sahne yaşandığında büyük reaksiyonlar göstereceğimi düşünürken, kızım işi iki dakikada çözüverdi...

Gençler, dikkat ederek, ölçüyü kaçırmadan elbette ki yaşamaları gerekenleri zamanında yaşayacaklar.

Ben çok salaktım

Ortaokul son sınıftayım... Ankara Yeni Mahalle'de genç bir kızla bakışıyoruz. Annem o yıl sınıfı geçtim diye bana kırmızı bir bisiklet almış. Kız her pencereye çıkışında, arenada boğaya kırmızı bez tutan matadorlar gibi asfaltta zik zak çiziyorum. Evet, kızla bakışıyoruz ama mesafe o kadar uzak ki... Bana mı bakıyor, yoksa sadece pencereden mi bakıyor kestiremiyorum. Hava atabilmek için bisikletin gidonunu bırakıyorum, selesinde ayağa kalkıyorum. Az kaldı, cambazhanede işe başlayacağım. Kız evden çıkıyor, beni de süzerek yürümeye başlıyor. Belli ki arkasından gidip arkadaşlık teklif etmemi istiyor. Ya da ben öyle sanıyorum. Uzaktan bisikletimle takip ediyorum onu. Kimse anlamasın diye azami dikkat gösteriyorum. Annesi babası görür ya da benimki... Rezil oluruz valla... (Korkulara bakınız.) Kız gidiyor, ben gidiyorum. Salaklığımdan bir türlü yanına yanaşamıyorum. Kız, dili dışarıda deli danalar gibi dolaşıp duruyor. Ben de bisikletle peşinden gidiyorum.

Gene bir gün aynı sahne yaşanıyor. Kız baktı ki benden hayır yok. Aniden döndü ve benim üzerime üzerime gelmeye başladı... Geri dönüp kaçmak istedim, beceremedim. Düşüp yapıştım asfalta.

Bana dedi ki: "Benden hoşlandığını biliyorum, ben de senden hoşlanmasam böyle yolları arşınlar mıyım? Sen ne beceriksiz adamsın, hadi ne olacaksa olsun!"

Heyecandan kalbim duracak

Atatürk Orman Çiftliği'nin patika yolu ıssız. Orada yan yana yürüyor ve sohbet ediyoruz. Bu böyle günlerce sürüyor. Bütün arzum elini tutabilmek. Kilometrelerce yürüdük ama ben elini tutmayı başaramadım. Sinemaya gittik, yan yana oturduk ama nafile... Annem yokken evime geldi, becerip de kızdan bir öpücük alamadım. Şimdi ben altmış bir yaşındayım, o da muhtemelen elli beş filandır. Sonra bir daha göremedim. Şimdi karşıma çıksa da ben oyum dese yapışıp öpeceğim. O zamanın şartları, tabusu ne hale getirmiş bizi...

Avrupa turnelerimiz

İlk kez yurtdışına çıktığımızda Almanya'ya gittik. İlk gördüğüm Avrupa şehri Münih. Ağzımız açık, şapşal şapşal dolanıyoruz. Çarşı pazar inanılmaz... Tabanlarımız şişinceye kadar gezmeye devam edip şaşkınlığımızı sürdürüyoruz. Ve erkekler birbirimize soruyoruz acaba *sex shop*'lar nerede? O zaman ülkemizde bu tip dükkânlar yok. *Playboy* dergileri el altından geliyor, elden ele dolaşıyor. Dergiyi eline geçiren yalvarıyor. Ne olur bu gece bende kalsın. Derginin sahibi çıkışıyor: "Bak verdiğim gibi geri isterim, kirletmek yok!"

Hepimiz gizliden dağılıyoruz. *Sex shop*'lara girdiğimizde gene birbirimizle karşılaşıyoruz. Sabah akşam böyle devam ediyor. *Sex shop*'tan çıktığımızda da dolaşırken her şeyi, herkesi o gözle görüyoruz.

Ertesi yıl tekrar Avrupa turnesine çıktığımızda *sex shop* kimsenin aklına bile gelmiyor. Hepimiz belli bir doygunluğa ulaşmışız.

Ben hayatımda ilk kadını, Ankara'da Bentderesi'ndeki genelevde tanıdım. Genelevler ne kadar gerekliyse, *sex shop*'lar, porno filmler de o kadar gerekli. Artık bizim ülkemizde de bu tip dükkânlar var. Ne oluyor? Kalenin taşı mı düşüyor?

Cinsel eğitim ailelerden başlayarak, okullarda ders olarak da gösterilmeli. Tıpkı özendiğimiz Avrupa ülkelerinde olduğu gibi.

Cinsel suçlarda, taciz olaylarında, hatta boşanmalarda somut bir azalma olacaktır...

Radyo dinliyorum...

Bizim çocukluğumuzda televizyon yoktu. Sadece radyo vardı. Devletin radyosu. Onu dinlerdik, hem de gece gündüz. Radyolu günler. Haberleri nasıl uygun görürlerse öyle verirlerdi. Öyle dinlerdik. Türküler. Sanat müziği ve bol bol Zeki Müren. Az da olsa reklamlar. Ülker'in bir reklamı vardı. "Önce güneş hava su, sonra bol gıda gelir. Akşama babacığım, unutma Ülker getir." O gün bir olan Ülker reklamı, bugün bini geçti. Sonra, "Radyo Tiyatrosu" olurdu. Kalın sesli bir spiker müzik eşliğinde davudi bir sesle "Mikrofonda Tiyatro," diye kükrerdi. Bu ses hepimizi radyonun başına toplamaya yeterdi. Şimdi nasıl televizyonun karşısında yıkanıyorsak, o zaman da radyo yıkardı beynimizi. Başbakan Adnan Menderes'in her yaptığı ballandıra ballandıra anlatılırdı bize. Şimdi nasıl kahramanımız esas oğlan Erdoğan ise, o zaman Menderes'ti.

Arkası yarın programları olurdu. Şimdiki diziler gibi. Nasıl bu dizileri izlerken salya sümük ağlıyorsak, o zamanlar arkası yarınlara dökerdik gözyaşlarımızı.

Çok şükür, ülkemiz her zaman bizi ağlatmasını bildi.

Radyo tiyatrolarında efekt de olurdu. Atlar koşar, silahlar patlar, her türlü ses bizim kafamızda dinlediğimizi canlandırmamıza yeterdi. Sonunda da spiker onları "Efekt: Tahsin Temren," ya da "Ertuğrul İmer," diye anons ederdi. Bu efektler kulağımıza geldiğinde, yani at kişnemeleri, dörtnala koşmalar falan, ben hemen doğrulur radyonun üzerindeki lamba deliğine bir gözümü dayar, içine bakardım; acaba içinde küçük atlar mı var diye.

Hey gidi günler... O zaman başka türlü kandırılır, uyutulurduk. Şimdi başka türlü.

Annelerimiz bebekliğimizde bizi ayaklarında sallar, uyuturlardı. Ninni söylerlerdi. Kulaklarımıza "Uyusun da büyüsün, niinni" derlerdi.

Biz de uyuduk ve büyüdük. Sadece cisim olarak.

Vatandaşın büyümesi hiçbir zaman çift haneli rakamlara ulaşmadı. Küçükken analarımız uyuturdu bizi. Şimdi de babamız. Devlet babamız uyutuyor. Hep büyüyeceğimiz telkin ediliyor bize. Ama biz "güdük" kaldık. "Bodur tavuk her zaman piliçtir" atasözünde biz de kendimizi "piliç" sanıp, yaşayıp gidiyoruz. Vatandaşa sorarsanız nasıl gidiyor diye, "Eh işte idare edip gidiyoruz," der. Ya da "yuvarlanıp gidiyoruz," der. Evet yuvarlanıyoruz. Yerlerde sürünüyoruz doğru.

Ama gitmiyoruz, olduğumuz yerdeyiz.

Hırsız var!

Hırsızlar gecenin bir saatinde evlere girerken tedarikli gelirler. Özellikle bahçelerinde köpek olan evlere girmek, köpeğin havlaması ve saldırması korkusuyla hırsızları tedbirli davranmaya iter. Örneğin köpeğin dikkatini dağıtmak için yanlarında bir et parçası getirirler. Eti köpeğin önüne attıklarında, köpek, eti ev sahiplerine tercih edip yemeye başlar. Böylece hırsızlar da rahatlıkla eve girip ekmek paralarını çıkarır. Ne var ki, mesailerini bitirip dışarı çıktıklarında, köpek çoktan eti yiyip bitirdiği için, gene ev sahiplerinin safında yer alır ve hırsızı paçasından tutup alaşağı eder.

Demokrasilerde çare tükenmez. Hırsızlar bunu da düşünmüşlerdir tabii ki. Etin üzerine sürülen uyku ilacı, köpeği mışıl mışıl uyutacağı için, hırsızın işi kendiliğinden kolaylaşır.

Bugünlerde radyoların, televizyonların, gazetelerin önüne kallavi bir et parçası atılmış durumda. Üzeri de uyku ilaçlı. Bu ilaçlı et hepimizi uyutuyor. Çünkü biz vatandaş değil, aynı zamanda taraftarız.

Damarlarımızda sadece kan akmıyor, futbol akıyor...

Gazetelerin üçte biri, hatta yarısı futbola ayrılmış. Haberlerin hemen arkası spor haberleri ve programlarıyla dolu. Özellikle futbol. Zaten futbolla bu kadar iç içeyken, bir de işin içine "şike" karışınca, göz yuvarlarımız "top top" oldu. Toptan başka bir şey göremiyoruz.

Biz bu tuzağa niye düşüyoruz ki? Bu bizim önümüze atılmış ilaçlı bir et parçası değil mi? Bu et, ülkede olup bitenleri görmemizi engellemiyor mu? Benden uyarması...

Büyük Şair Can Yücel ile ilgili bir anı size...

Evlerinin bahçesinde köpek besleyenler; köpek havlamasını da yeterli bulmayıp kapılarına itinayla yazılarak hazırlanan "Dikkat Köpek Var!" tabelasını asarlar. Can Yücel böyle bir evin önünde durup tabelaya baktıktan sonra "Görüyor musun?" dedi. "Bu evde köpek varmış." Ben de kendi evime tabela astım. Üzerinde, "Bu evde insan var!" yazıyor.

İnsanlı evler çok azaldı...

Beni bu ülke sarhoş etti

"Ekmek aslanın ağzında" demiş ya atalarımız, aslana yaklaşılamayacağına göre, ekmeğin zor elde edilebileceği vurgulanıyor bu mecazi atasözünde. Aslan hep vardı, ekmek de onun ağzındaydı. Ben doğdum, büyüdüm, bu yaşlara geldim, aslan hâlâ ekmeği ağzından bırakmadı. Şu aslan nasıl bir aslansa, bazılarının önüne kendiliğinden gidip bırakıveriyor ekmeği. Dar gelirliye de kükrüyor. Belki de dünyanın en çok ekmek tüketen ülkesiyiz. Salt ekmek yediğinizde de dengesiz besleniyorsunuz. En azından zekânız gelişmiyor.

Çocukken önüme yemek konulduğunda sevdiğim de bir yemekse, bir dalardım yemeğe, annem "Yavaş oğlum, ekmeğini katık et," derdi. Yani ekmeksiz yeme, hem doymazsın hem de hemen bitirme, daha biz de yiyeceğiz, demek isterdi. Bizi daha çok ekmek tüketmeye yönlendirirdi. Karnımız acıktığında ilk aradığımız şey ekmekti. Ekmeği bulduk mu tamam. Bir de katık olsa, yani zeytin ya da peynir... Yoksa da doğrudan ekmeğin kendisini yerdik doymak için.

Fakirin ekmeği soğan

Anadolu, hâlâ soğan ekmek yer. Biz toplum olarak öyle bir alıştırılmışız ki ekmeğe, makarnayı da, pilavı da, hatta böreği de ekmekle yiyoruz hâlâ. Amaç beslenmek değil, doymak çünkü. Ekmeği yalar, yutar, ardından da çok şükür doyduk der, yatarız. Anam "Ekmeğini bırakma, ardından ağlar" ya da "Oğlum bunu bulamayanlar da var," derdi.

Bulamayanlar o gün de çoğunluktaydı, bugün de...

Ben çocukken dilenciler kapıyı çalar, Allah rızası için bir dilim ekmek diye dilenirlerdi. Şimdilerde gene ekmek peşindeyiz ve onu hâlâ bulamıyoruz. Karnımızı doyurmak için aslanın yanına gitmemiz gerekiyor. Aslanın ağzından ekmeği alacağız derken, aslan da kendi ekmeğinin ayağına geldiğini düşünüp bizi yalayıp yutabilir.

Uzun lafın kısası biz yalnızca ekmeğe fit oluyoruz.

Saygıyı kim kaybetmiş

Saygı, sevgiyle birlikte anılan bir sözcük. Birinin olmaması halinde, diğeri de kendiliğinden yok oluyor. Belediye otobüslerinde, metrolarda yaşlı başlı insanlar, hamile kadınlar ayakta dururken, gençlerin bu durumu umursamadığına tanık oluyorum. Bu ayaktaki insanlarla göz göze gelmemek için camdan dışarı bakıyorlar. Herkes kendi rahatının, kendi çıkarının peşinde. Direksiyona oturduk mu kral kesiliyoruz. Gerçek yüzümüz çıkıyor ortaya.

İstanbul'da trafik malum, devamlı tıkalı, çözüm yok. Yolun yanında emniyet için açık bırakılması gereken ekstra bir yol daha var. Hasta olur, kaza olur, ambulans geçer, polis gider, falan. Bu nedenle acil durumlarda kullanılması gereken bir yol bu. Bazı açıkgözler hemen bu yola sapıyor. Siz direksiyonda sıkıntı terleri dökerken, onlar fırt fırt geçiyorlar. Bir süre sonra bu yol da tıkanıyor.

Geçenlerde bir akşam yine trafik sıkışık, baktım millet bu banttan kaçıyor. Bir kere deneyeyim dedim, ben de girdim bu şeride. Ne güzel de oluyormuş meğer. Yüzlerce araba dururken ben yanlarından salına salına gidiyorum. Az sonra arkama bir araba yanaştı. Tepesinde lambaları yanıp sönüyor. Hoparlörden bana "Dur!" dedi, durdum. Arabanın içindeki görevli yanıma geldi. "Neden bu şeridi kullanıyorsunuz?" diye sordu. Beni tanıyınca da "Size hiç yakışmıyor," dedi. Ben de yalana sarıldım. Dedim: "Malum ben kalp hastasıyım." Kalp hastası olduğum doğru da, diğer söyleyeceklerim yalan. "Biraz göğsüm sıkıştı, kendimi hastaneye yetiştiriyorum."

Adamcağız üzüldü duruma. İçimden yalanımın cuk oturduğunu düşündüm. Dedim şimdi salacak beni. Buyur, devam et, diyecek.

"Lütfen dörtlülerinizi yakın, ben önünüze geçeyim, size hastaneye kadar eskort edeyim. Hangi hastaneye gidiyorsunuz?" dedi. Ben de bilemedim tabii. "Ben sizi en yakın hastaneye götürürüm," dedi. Öne geçti. Ben de peşinde otobandan çıkıp en yakın hastaneye gittik. İnşallah beni hastanenin önünde bırakır gider, diye düşündüm. Ama düşündüğüm gibi olmadı. Arabasından çıkıp koluma girdi. Kapıdaki hademeye "Levent Bey hastalandı, hemen hazırlık yapın!" diye seslendi. Ben yan şeritten evime bir an önce gideyim derken, hastanede kan tahlilleri yapıldı, tansiyonlar ölçüldü. Hayırsever polis de kolumda. Sonradan kendi arabasını da hastanenin önünde bırakıp, benim arabamı kullandı. Ben de arka koltukta oturdum... Ve beni evime kadar getirdi.

Konuyu sizinle paylaşıyorum, çünkü bir şekilde günah çıkartmış oluyorum. Bir daha ölsem yan şeride girmem, tövbe.

Hiç sarhoş olmadım

Çünkü içki içmem. Ağzıma içki koymadım. Dudağıma da sigara sürmedim. Bilenler bilirler. Hatta içki sofralarında arkadaşlarımla oturduğumda su içtiğimi görenler "Ulan, saman gibi adamsın be kardeşim," diye beni eleştirirler. Geçenlerde bir bayan arkadaşımın evine haciz gelmiş, bana "Sen de gel, beni yalnız bırakma," dedi. Ben de sevap olsun diye kalktım gittim. Haciz memurlarının yanında genç bir avukat vardı. Küstahlığını görmeliydiniz. Beni görünce daha da havalandı. Çalımından geçilmedi. Ben de benimle ilgili bir konu olmadığı için hiç muhatap olmadım kendisiyle. Sonra ev sahipleri bu genci mahkemeye verdiler. Mahkemeyi de kazanıp mallarını geri aldılar. Bu asabi avukat da bir karşı dava açmış ev sahiplerine. Bu davanın kapsamında ben de varım. Benim için de "Bana hakaret etti, sarhoştu," diyor. Sarhoş rolünü iyi oynadığım için yolda yürürken vatandaşlar bana "Sarhoş muyuz ağabey?" diye takılırlar. Hayır sarhoş değilim. Ayığım.

Hatta ülkede olup biteni görüp anlayacak kadar ayığım. Şimdi mahkemeye gidip, o gün sarhoş olmadığımı ispatlamaya çalışacağım, iyi mi?..

Bir zamanlar Anadolu'da

Nuri Bilge'nin filmine gittim. İlk yarıda filmden çıksam mı, çıkmasam mı, diye çok mücadele ettim kendimle. İkinci yarıyı da seyretmeye karar verdim. Bir sakinleştirici aldım, koyuldum seyretmeye. Bitmek bilmeyen bir film yapmış sağ olsun. Seyrettiğim sahnelerden bir anlam çıkarmak için uğraştım durdum.
Nafile...
"Herhalde ben geri zekâlıyım," dedim kendi kendime. Bir şey anlamıyorum, zorla değil. Neyse film bitti, bir arkadaşımı aradım. "Nasıldı?" diye sordu. Dedim: "Nasıl olduğu konusunda bir fikir oluşmadı kafamda, sadece on beş gündür bu filmi izliyormuşum gibi bir his var içimde." Yapımcı olan arkadaşım sevmez Nuri'yi. Başladı atıp tutmaya... Dedim: "Film hakkında tartışmak istediğim kişi sen değilsin. Tartışabilmem için bana Nuri'yi savunacak birisi lazım. Belki biz anlamıyoruz. Belki biz geri zekâlıyız, olamaz mı?" Üniversitede Sinema Televizyon okumuş oğluma, "Git bu filmi seyret gel, sonra tartışacağız," dedim, başka da bir şey demedim...

Seyretti geldi... Beğenmiş... Anlaşılan filmin aldığı ödüllerden ve eleştirmenlerin filmi bir başyapıtmış gibi göstermelerinden etkilenmiş.

Biz, bir beğenen, bir beğenmeyen oturup tartıştık. Yaklaşık bir saat sonra yerden göğe kadar haklı olduğumu söyledi.

Filme ayrıntılı bir eleştiri yazmayı çok istiyordum. Ama bu konuda Hıncal Uluç şahane bir yazı yazdı. Her kelimesine katılıyorum. Girin internete okuyun, ne kadar haklı olduğumu göreceksiniz.

Aslında benim de bir film senaryom var. Bu filmi çektikten sonra ben de festivallerde ödüller almak, eleştirmenlerden kayıtsız şartsız takdir toplamak istiyorum. Filmin adı "Çıt." Ama filmde tam tersine çıt çıkmıyor. Bir adam pencerenin önünde oturuyor. Yüzü kameraya dönük. Bir süre gerçek bir insan mı, yoksa cansız bir vitrin mankeni mi, diye düşünüyoruz. Az sonra adam sağ elinin başparmağını oynatıyor. Kimse görmüyor bunu, ben biliyorum yalnızca. Adamın yüzündeki ifadeden canının sıkkın olduğunu anlıyoruz. Belki de sıkkın değil, neşeli. Ama oyuncumuz suratsız olduğu için sıkkın geliyor. Uzun bir süre kıpırdamadan oturuyor. Salonda hâlâ seyirci varsa onlar da oturuyor. Bir süre karşılıklı oturuyorlar. Hava soğuk... Belki de değil. Biz bu kanıya oturan adamın sırtındaki kalın ceket yüzünden varıyoruz. Adam hâlâ oturuyor. İnanılmaz bir şey fakat ilk hareketini filmin yirminci dakikasında gerçekleştiriyor ve bacak bacak üstüne atıyor. Salon bu hareketi alkışladı alkışlayacak. Ne var ki salon boşalmış. Kamera evin önüne çıkıyor. Bir süre bozkırı izliyoruz. Yaklaşık on yedi dakika kadar. Kameranın önünden uçarak bir yaprak geçiyor. Asma yaprağı da olabilir, incir de. Bunu seyirciye bırakıyorum. Adamı evin kapısında görüyoruz. Çırılçıplak. Tam o sırada elektrikler kesiliyor. Ama gündüz olduğu için biz bunu fark etmiyoruz. Gelip yerdeki yaprağı alıyor ve tıpkı Âdem efendimiz gibi önüne kapatıyor. Bu anlamlı film de burada sona eriyor. Seyirci filmin bittiğini anlamıyor. Çünkü salonda seyirci yok. Makinist makineyi durduruyor. Teşrifatçı da şalteri indiriyor. Zifiri karanlıkta yazılar akmaya başlıyor...

Nasıl ama senaryom?..

Bu filme ödül vermeyecek Cannes'ın alnını karışlarım ben...

Evet... Filmim biraz sert ve ağır olduğunun ben de farkındayım. Ama bu devirde birileri de bir şey söylemeli, öyle değil mi?

Bir şeyden anlayıp anlamamak

Televizyonunuz bozuktur. Kucaklarsınız, başlarsınız tamirci aramaya. Köşede bir musluku vardır. Sorarsınız ona tamirci nerede, diye. Musluku size "Ne vardı ağabey?" diye sorar.
"Televizyonum bozuk."
"Bırakın bir bakalım."
"Ama siz musluksunuz."
"Bizde yok yok, her şeyden anlarız."
Eğer kanıp da televizyonunuzu bırakırsanız, bir daha tamir edilemeyecek şekilde geri alırsınız.

Ne hikmetse herkesin her şeyden anladığı bir ülkede yaşıyoruz. Benim uzman bir balıkçı arkadaşım var. Balık alacağım zaman ona giderim. Bir gün gene balık alıyorum, yanıma bir müşteri yanaştı. "Ben balıktan anlarım," dedi. Ben de, "Yandık," dedim içimden. Onu alma, bunu al gibilerden başladı beni yönlendirmeye. Benim uzman balıkçı da müşterinin her söylediğini çürütüyor tabii. Adam bozuldu gitti.

Hastalar birbirlerine ilaç verip tedavi ederler. Eski dostum Sümer Tilmaç, bana telefon açıp aldığım tansiyon ilaçlarını sorar. Ben de "Nene lazım senin?" derim. Yanıtı şöyledir: "Ağabey, sen eski tansiyon hastasısın. Şimdilerde benimki de yüksek. Senin haplardan kullanayım diyorum."

Bir şeyden gerçekten anlayabilmeniz için, onun uzmanı olmanız lazım. Herkesin her şeyden anlaması mümkün değil.

Ben sözü köşe yazarlarımıza getirmek istiyorum. Çoğunun köşesi var diye, her şeyden anladıklarını sanıyorlar. Sinemadan anlayacaksın, tiyatroyu en iyi sen bileceksin, yemek konusunda birinci sınıf gurme olacaksın, müzik konusunda ahkâm kesmek senin için vazgeçilmez olacak. Atlardan, kedilerden, köpeklerden de anlayacaksın... Yanmışız valla. Ondan sonra oturup yılın "iyi"sini, "kötü"sünü seçme konusunda karar vereceksin.

İyi de biraz da edebiyattan anlasan. Sanatçılar, yapımcılar da çekindikleri için, bunlara özen göstermek mecburiyetinde kalırlar. Yoksa maazallah oyununuza, filminize kötü diye yazarsa, eserinizin kaderini tayin etmiş olur ki; bir daha bu damgayı silemezsiniz. Aksi olur bir de iyi olduğunu yazarsa, yaşadınız.

Geçmişte böyle yazarlar tanıdım. Para ve hediye karşılığı yapıtlarınıza iyi yazılar yazarlardı. Bir kere de bu hediyelere alıştılar mı, yanmışsınız. Sanatçılar, sanat yaşamlarında nice eleştirmenlerin, kendilerini eleştirmen sananların kapanmamış yaralarını taşırlar. Ben bunlardan biriyim. Ama her şeye rağmen, sanatın bir okul olduğunu varsayarsak, bilen kişilerin de yapılan işleri yönlendirmesi, sağlıklı bir şekilde eleştirmesi, hem sanatçıyı hem de toplumu geliştirir.

Hugo'yu seyrettim

Hugo, yönetmenliğini Martin Scorsese'nin yaptığı kusursuz bir film. Özellikle gençlerin görmesinde büyük yarar var.

Dedemin İnsanları'nı da izledim. Çağan, hayranlık duyduğum bir yönetmen. Ona olan hayranlığım, *Babam ve Oğlum* filmiyle başladı. Ne var ki son filmi *Dedemin İnsanları*'nı biraz eleştirmek istiyorum. Bu yetkiyi elli yıllık sanat geçmişimden alıyorum. Kendimi televizyon tamirinden anlayan muslukçu gibi hissetmiyorum.

Adı geçen filmi önce bir izledim, sıkıldığım için yarısında çıktım. Sonra da düşüncemi sorarlar diye, birkaç gün sonra bilet alıp ikinci yarısını da izledim. Filmin dörtte üçü geyik muhabbeti. Daha da önemlisi, oyuncuların hemen hepsi Ege şivesinde başarısız olmuşlar. Konuşmaları ve aksanları birbirini tutmuyor. Ciddi bir kusur bence. Filmde dedenin dükkânına kefen bezi almak için gerçek bir Egeli kadın giriyor. Bir tek onun şivesi doğru. Bana böyle bir rol teklifi gelse, oturup rolümü o kefen bezi alan kadınla çalışır, şivemi onunkine benzetebilmek için aylarca çalışırdım.

Filmin sonuna doğru ihtilal oluyor. "Kenan Evren İhtilali." O andan itibaren filme ilgimiz artıyor. Çünkü hepimizin bu konuda kanayan yarası var. Darbeyi yapan konsey yöreye yeni bir belediye başkanı atıyor. Ne var ki, adam hırsız. Darbe yapan askerler hırsızmış gibi algılanıyor. Bu faturanın yalnızca askerlere kesilmesine gönlüm razı gelmiyor. Sivil belediyelerin de çoğu götürür, hem de hamuduyla. Devam ediyorum. Yeni gelen belediye başkanı, dedenin damadını işten kovuyor. Dede nedenini sormak isteyince tersleniyor. Onuru kırılan dede, denize yürüyüp intihar ediyor. Senaryoda çok ciddi çatlamalar ve zorlamalar var. Ne var ki film, seyirci tarafından beğenilerek izleniyor. Gene de görmekte fayda var.

Ali Poyrazoğlu

İstanbul'a 1975 yılında geldim. O yıllarda kurdum tiyatromu da. Kadromu yaparken, oyuncum Alpay İzer'in önerisiyle Oya Başar'ı Ali Poyrazoğlu'nun tiyatrosundan ödünç aldık. Biz Oya ile işi pişirip de birlikte olmaya başladık. Hatta nişanlandık ve evlendik. Artık Oya, Ali'nin tiyatrosuna dönme gereği duymadı. Ali taktı buna kafayı ve bana sürekli düşmanlık etti. Oyuncularımı ayartmaya kalkıştı. Elinden geldiğince önümü kesmeye çalıştı. Bu yazdıklarımı sadece bana değil fırsat bulduğunda bütün tiyatroculara yapar. O nedenle sevilmez camiada.

Tiyatrosunda eşcinselliği destekleyen oyunlar oynadı hep. Oyunlarında oynayan genç delikanlıların anneleri kendisinden şikâyetçi oldukları için ortalarda dolanır dururlar. Bir dönem 30 civarında seks filmi çekti. Bu filmler hâlâ ortalarda.

Sonra da yıllarca devlet yardımı yapan kurumun üyesiydi. Hep kendine yonttu. Şu anda o kurulda değil ama yandaşları orada. Hâlâ haksız dağılımlar devam ediyor. Yaptıkları ayıp anlaşılmasın diye de dağıtılan paraların miktarlarını gizliyorlar. Bu arada Ali, hiç şüphesiz en yüksek ödeneği alıyor. Elebaşları da tiyatro oyunu yazarı Refik Erduran. Eğer Erduran'ın bir oyununu oynarsanız, en büyük parayı siz alıyorsunuz. Ben objektif olabilmek adına, bu yıl aldığım, en düşük seviyeli tiyatro desteğini de bakanlığa iade edeceğim ve "onurumu kurtarma adına" bundan sonraki yıllarda yapılacak yardımı da reddedeceğim. Poyrazoğlu sağda solda, kendisine pornocu dediğim için beni mahkemeye vereceğini söylüyormuş. Keşke o cesareti gösterse de, elimdeki Poyrazoğlu pornolarını mahkemeye ibraz etsem.

Not: Eski karımın da kendisine "Sen onu mahkemeye ver, ben yanındayım," dediğini söylüyor. Bu ucuz işlere çocuklarımın anasını karıştırmasa ne iyi olur.

Tiyatro salonu

Kadıköy'de ismini vermek istemediğim bir lisenin bahçesindeki müstakil bir tiyatro salonunu kiraya verdiklerini duydum. Aylar önce gidip okulun müdürüyle görüştüm. Adamcağız çok heyecanlandı, el sıkıştık, anlaştık. Aradan geçen zaman zarfında müdür bey bana geri dönmedi, merak ettim, ben döndüm müdüre. İsmim sakıncalı olduğu için Milli Eğitim Müdürlüğü'nden talebimin geri döndüğünü öğrendim. Biline...

Yazıya bak hizaya gel

Kafam fena halde bozuk. Bazılarınız niye derken, bazılarınız da "Hepimizin kafası bozuk bu devirde, kafası bozuk olmayan mı var?" diyordur herhalde. Hiçbir şey değişmiyor. Yazıyorsun yazıyorsun, sonra dönüp aynı şeyi tekrar yazıyorsun.

Kafa bozukluğunun tamircisi psikiyatrist, psikanalist, yani ruh doktoru, dahası deli doktoru. Tamire götürdüğünüzde, kafanızı neye takıp bozduysanız, o ve benzeri konulardan uzak durmanız önerilir size. Delireceğim, elimde değil. Taktım bir kere.

Cumhuriyet Bayramı'nı ertelediniz, 19 Mayıs'ı iptal ettin, 23 Nisan sırada, Atatürk aleyhine ısmarlama diziler yayına kondu konacak. Şimdi de Atatürk'ün Gençliğe Hitabesi okul kitaplarından çıkarılacak. Ne oluyoruz yahu?

Bekir Coşkun, Kemal Kılıçdaroğlu'na bir açık mektup yazmış, çok açık. Anlayana saz, anlayacağınız. Telefon açtım Bekir Coşkun'a, hem sesini duydum hem de yerinde ve sağlıklı olduğundan emin oldum. Yazısından ötürü kutladım kendisini. Yazıları ilaç gibi geliyor bana. Onu kapattım, Yılmaz Özdil'i aradım. Duydum sesini rahatladım. Ona da "Yaşa," dedim, "Var ol," dedim, coşkuyla tezahürat yaptım.

Aldım kâğıdı kalemi elime, kâğıt bana bakıyor, ben kâğıda. Kalemi bir kenara bırakıp, yeniden okunması gereken köşe yazılarına bir göz atıyorum. Ali Sirmen, Ahmet Altan'a vermiş veriştirmiş. Ağzına sağlık, çok da yerinde olmuş. Emre Kongar, Emin Çölaşan harika yazmışlar. Okuyorum, dönüp dönüp tekrar okuyorum. Sonra çocuklarımı toplayıp, yüksek sesle onlara da okuyorum bu yazılanları.

Tekrar kâğıdı kalemi alıyorum elime, gene bakışıyoruz. Sıkıntılıyım bugün, anlamıyor musunuz? Keşke Ahmet Şık, Nedim Şener, Mustafa Balbay, Tuncay Özkan, Doğu Perinçek... Onları da arasam da seslerini bi duysam istiyorum. Tekrar bırakıyorum kâğıdı kalemi, bu kez Uğur Dündar'ı arıyorum. İyi maşallah, sesi iyi geliyor. Hadi bir telefon da Müjdat Gezen'e. Çok şükür, hepsi duruyor yerinde. Ne yapsam, gidip teslim mi olsam acaba? Dayanamıyorum artık.

"Hadi buyurun, ben geldim teslim oluyorum."

"Sebep?"

"Ben yaptım."

"Neyi?"

"Her şeyi! Suçlu benim!"

"Ne suçu, ne suçlusu kardeşim?"

"Onu da siz bulun artık! Ben geldim, bu kadar adım attım. Bir adım da siz atın."

Gerçekten iyi değilim arkadaş. Yazının ilerleyen satırlarında siz de anlayacaksınız beni.

Bakın tarhana çorbası nasıl yapılır dinleyin. Domatesleri rendeliyorsunuz, yoğurtla karıştırıp çırpıyorsunuz, içine de kabul ettiği oranda un ilave ediyorsunuz. Sonra tuzunu biberini koyup 10 gün mayalanmaya bırakıyorsunuz. Daha sonra açık havada kurutuyorsunuz. İyice kuruyunca rendeliyorsunuz. Yağını, soğanını, sirkesini ilave edip, suyunu da katıp kaynatıyorsunuz. Enfes oluyor da, bana n'oluyor? Dedim size, bir tuhafım bugün, diye. Ben "yemek yazarı" mıyım yahu! Belki de "rüya tabircisi"yimdir. Yoksa ben "Güzin Abla" mıyım?

Durun durun, telaşlanmayın. Önce sakin olmalıyım. Tekrar bırakıyorum kâğıdı kalemi, televizyona bakıyorum. TRT'de bir dizi var. "Seksenli Yıllar." Rasim Öztekin bu dizide babayı oynuyor. Gençliği ayrı kötü, yaşlılığı rezalet. Hesapta Alzheimer'lı. O elini bileğinden bir sallayıp titretmesi var, aman Allahım. Görmediyseniz çok şanslısınız. Ben bilirdim de, Rasim'in bu kadar iyi bir oyuncu olduğunu bilmezdim. Hemen hemen dizideki bütün oyuncuların başında bir peruk var. Peruk takmayı bir hikmet sanıyorlar. Oysaki, yapaydır peruk. Oyuncunun oyununu bozar. Yüzünü kapatır. Ben "Olacak O Kadar" çekerken, kafasına peruk takıp da karşıma "oldum" diye gelen oyuncuların kafalarından perukları toplar, bir çuvala doldurup, peruklar bir daha geri dönemesin diye, çuvalları da çok uzaklara bir yerlere attırırdım.

Kanal değiştiriyorum. Bu kez de karşıma Kanal D'de "Yalan Dünya" dizisi çıkıyor. Biraz seyrediyorum. Galiba Rasim'in dizisi daha iyiydi. Çünkü bu dizide herkes komik, herkes birbiriyle sidik yarıştırıyor. Herkes nasıl komik olabilir yahu, çıldıracağım. Tamam kötü de, bu kadarını becermek cesaret işi. Ya Beyaz'a ne demeli? Yav abicim yok mu senin başka işin? Herkes bildiği işi yapsın.

Bir kanalda daha şansımı denemeliyim. Dur bakayım, anam, NTV'de haberler var. Kapa kapa (bunu kendime söylüyorum), şimdi usta bir şeyler daha yumurtlayacak, iyice sıyıracağım kafayı. Televizyonu kapatıyorum, kapattığıma emin olmak için fişini de çekiyorum.

Telefonlar takılıyor gözüme. Ya dinliyorlarsa! Dinleseler bile konuşmuyorum ki, neyimi dinleyecekler. Bütün bunlar kafamın içinden geçiyor. Ya kafamın içini de okuyorlarsa! Neme lazım, telefonların pillerini söküp bir daha bir araya gelemeyecekleri yerlere koyuyorum.

Dışarıda kar yağıyor. Kar mı yağıyor, yoksa bu bir tertip mi? Sakın bu da bir oyun olmasın! Tuvalete gitmeliyim, sıkıştım. Sıkıştım mı, yoksa bana mı öyle geliyor? Ay! Aynada kendimi gördüm, korktum birden. Bu aynadaki ben miyim, yoksa biri benim aksime bürünüp beni mi izliyor? Üç senedir evimde bakıp büyüttüğüm kedim, ayaklarıma sürünüyor. Bu ayaklarıma sürünen gerçekten bir kedi mi, yoksa bir ajan mı? Kim koydu bu bardağa suyu? Ben koymadım. Yoksa beni zehirlemeyi mi düşünüyorlar? Hayda! Işıklar kesildi! Gerçekten mi kesildi, biri mi kesti? Kapı çalıyor galiba. Yoksa çalmıyor mu? Ben en iyisi! Ben! Ben! Ben! Be! Be! Be! Be! Be! B.. B.. B.. B.. B.. B... B... ... ...

Yazının 1. Alternatif sonu:
"Pardon! Ben Levent'in doktoru Işın. Bir süredir onu tedavi etmekteydim. Ama kendisi bu yazının sonunda iyice sıyırdı. Onun namına sizden özür diliyorum."

Yazının 2. Alternatif sonu:
(Editör ve yönetici kendi aralarında konuşuyor.)
"Eee, bu yazının sonu yok!"
"Sonuna doğru bir şey mi oldu adama acaba?"
"Zehirlediler mi diyorsun?"
"Zaten bir süredir bir tuhaftı."
"Peki bu yazıyı bu haliyle basacak mıyız?"
"Ver bi kere daha bakayım şu yazıya (okur). Boş ver, basmayın. Yerine başka bir yazı koyun, olsun bitsin..."

Uğur Dündar

Kendisi çok sevgili dostumdur. Beni aradı, son kitabında benimle ilgili iki anısına yer verecekmiş. "Sen onları kendi açından iki satır yazar mısın?" dedi. Ben de "Memnuniyetle," dedim. İşte müşterek "anımız."

Bir gün, yasaklı olan "Olacak O Kadar" programının yoğun olarak çekildiği sıralarda, ben bir programda Doğan Güreş Paşa'yı oynamıştım. Müsaade ederseniz hatırlatayım.

Paşanın bir sözü üzerine ona etek giydirip, Kenan Evren'le Marmaris'te bir iskeleye oturtup balık tutturmuştum ikisine de. Hatta iskelenin altındaki erler oltaların ucuna balık takıyorlardı. Paşalar da balığı kendilerinin yakaladığını düşünüyordu. Her neyse, Doğan Paşa biraz bozuldu kendisini bu şekilde oynadığım için. Katıldığı bir TV programında beni mahkemeye vereceğini söyledi. Çıktığımız TV programlarında ben ona, o bana, verip veriştiriyorduk.

Bir gün gene çekimdeyiz. Arkadaşlarımdan biri nefes nefese yanıma gelip, "Ağabey," dedi, "seni Doğan Güreş Paşa arıyor." Hayda, aldık mı başımıza işi... İstemeye istemeye açtım telefonu, sekreteri "Bir dakika, Paşa'mı bağlıyorum," dedi.

Bayağı bir gerginim. Telefonda marşlar çalınıyor, az sonra Paşa bağlandı. Aramızdaki konuşma şöyleydi:

Paşa: Levent Oğlum, hiç yakışıyor mu sana?

Levent: Paşam, mizah bu, hoşgörüyle karşılamazsanız gelişemez.

P: Ama evladım, koskoca Genelkurmay Başkanı'yla eğlenilir mi?

L: Estağfurullah efendim, bu bir şaka... Ayrıca başbakanları, cumhurbaşkanlarını bile hicvediyoruz. Hatta ertesi gün telefon açıp tebrik ediyorlar.

P: Ben tebrik etsem bile, senin yaptığını hoş karşılamayacak yüzlerce asker var emrimde. Ben onlara mani olmakta güçlük çekiyorum. Her an çıkıp gelebilirler yanına.

L: Paşam, beni tehdit mi ediyorsunuz?

P: Hayır, gerçekleri söylüyorum.

L: Askerleriniz benim için İstanbul'a geliyor, öyle mi?

P: Evet, öyle.

L: Gelip de ne yapacaklar?

P: Geldikleri zaman görürsün.

L: Tamam, gönderin. Korkmuyorum sizden. Hatta burada bekliyorum onları... Ya da en iyisi, kapının önünde bekleyeceğim. Ne sizden ne de askerlerinizden korkuyorum.

P: (Paşa kahkahalarla gülüyor.)

L: Niye gülüyorsunuz Paşam? (Diyorum, daha da çok gülüyor. Bir ara düşünüyorum, yoksa Paşa beni işletiyor mu, diye.)

P: Levent, diyor.

L: Buyurun Paşam.

P: Ben, diyor, Uğur, Uğur!

L: Hangi Uğur?

P: Uğur Dündar

L: Hay Allah cezanı vermesin, altıma yaptım lan!

Uğur bunu anlatıp, yıllardır güler durur. İşletme konusunda üstüne yoktur.

İkinci anımız pek komik değil. "Olacak O Kadar" programının bir bölümü RTÜK'ten ceza almış, Kanal D bir gece yayın yapamayacak. Yani ekran kararacak.

Ben buna karşı çıktım. Ekibimin de onayını aldıktan sonra programı, reytinglerde bir numara olmamıza ve çuvalla para kazanmamıza rağmen yayından çektim. Dememiz şu, ekran kararmasın, bir tek bizim programımızı yayından kaldırın. Hayır, ısrarla ekranı karartacaklar. Ben açlık grevine başladım. Ben başladım diye bana arkadaşlarım da katıldılar... Uğur, birkaç kez telefonla aradı. Baktı ki ikna edemiyor beni, arkadaş yüreği işte, hastalıklarımı da biliyor, "Dayanamazsın," diyor. Çok geçmeden CHP Genel Başkanı Deniz Baykal'ı da alıp yanımıza geliyor.

Tiyatronun sahnesinde yapılan bir canlı yayında, Baykal konunun takipçisi olacağına söz verdi. Ben de açlık grevinden vazgeçtim.

Pek çok köşe yazarı eleştirdi beni. "Açlığa dayanamadı," dedi. Beni reklam yapmakla suçladı. Ne var ki ben samimiydim. Yine de "Durumu açlık grevine kadar götürmemeliydim," diye özeleştiri yaptım. Başbakan Mesut Yılmaz'ın eşi beni telefonla arayıp, benimle aynı fikirde olduklarını, bir zaman sonra bu durumu düzelteceklerini söyledi. Hatta bu mesajı yazılı olarak da çekti bana. Çok geçmeden ekran karartma yasağı kalktı. RTÜK, ceza alan programın yerine bir belgesel gönderiyor. Kanallar da bunu yayınlıyor.

Bugün bütünüyle yayında değiliz... Ve elimizden bir şey gelmiyor.

"Çok sıkı yönetim"

Sene 1980. Zincirlikuyu'da bir sokakta tiyatro salonu kiraladım. Altı yüz kişilik bir yer. Adını da Hodri Meydan Kültür Merkezi koydum. Cadde üzerinde bir bina ile anlaştım. Binanın üst köşesine "Hodri Meydan" diye bir tabela asacağız, bir ok da tiyatronun yerini işaret edecek. Benim tabela koyacağım apartman da dahil, diğer bütün binaların üstünde çeşit çeşit reklamlar asılı, artık aklınıza ne gelirse. Demem şu ki:

Benim tiyatromun tabelası, diğer reklamlar arasında kaynayacak, gürültüye gidecek. Şöyle bir fikir geldi aklıma; tiyatronun tabelasını ters astırayım, dikkat çeksin.

Dediğimi yaptım. Tabela ters asıldı.

Değerli dostlar, ne kadar isabetli hareket etmişim. Tiyatroya bir ilgi, sormayın. Telefonların ardı arkası kesilmiyor. Efendim tiyatronuzun tabelasını rüzgâr ters çevirmiş, bir başkası, efendim tabelacı tabelanızı ters asmış. Vesaire vesaire... Biz halimizden memnunuz. En azından fark edildik. Dikkat çekmeyi başardık.

Sıkıyönetim var o sıralar. Gece on ikiden sonra da sokağa çıkılamıyor. Çabuk çabuk oynuyoruz. Saat gece 11 gibi de salıyoruz seyirciyi ki evlerine yetişebilsinler. Perde arası bile vermiyoruz sizin anlayacağınız. Günler böyle geçip giderken...

Bir gün bir askeri cip duruyor tiyatronun kapısının önünde. İçinde dört tane asker.

"Kim bu tiyatronun yöneticisi?"

"Levent Kırca."

"Çabuk toparlan! Bizimle Selimiye Kışlası'na geleceksin.

Komutan seni bekliyor."

Yahu ne oldu, ne var, demeye kalmıyor, kendimi dört askerle cipin içinde buluyorum. Bir telefon etseydim, eve haber verseydim falan diyemeden koyuluyoruz Selimiye'nin yoluna. Eee, yol da uzun. Cip yavaş gidiyor, askerler de ciddi. Suratlarından bir anlam çıkaramıyorum. Kendi kendime "Buraya kadarmış. Çıplak ayakla b.ka bastık," diyorum. Artık zindanlarda mı çürürüz, gözaltında mı kayboluruz? İyi şeyler düşünmek istiyorum ama aklıma hep kötüleri geliyor. Anam o zaman sağ. Zaten çok çekmiş haşarılığımdan, şimdi de cumartesi annesi olmayı tadacak.

Nihayet cip, Selimiye kapısından giriyor içeri. Askerlerin arasında çıkıyorum komutanın yüksek katına. Askerler beni komutanın karşısına oturttuktan sonra sıkı bir selam verip odayı boşaltıyorlar.

Bir süre öylece bakışıyoruz komutanla. Ciddi, yakışıklı bir adam. Komutanlık yakışmış yani. Söze giriyor:

"Hodri Meydan sizin tiyatronuzun adı mı?"

"Evet," diyorum silik bir sesle.

"İsmin manasından yola çıkacak olursak, kime Hodri Meydan? Yani kiminle hesaplaşmak niyetindesiniz?"

"Meslektaşlarımla. Yani tiyatro yaptığını zannedenlerle. 'Tiyatro öyle yapılmaz, böyle yapılır,' diyorum. Demek istediğim bu. Onun için Hodri Meydan."

İkna olmuş gibi görünüyor. "Peki," diyor.

"Gelelim asıl soruya. Neden tabelanız apartmanın tepesinde ters asılı? Ne demek bu? Birine ya da bir yere işaret mi veriyorsunuz?"

"Aman efendim ne münasebet. Etrafta çok reklam var. Yer gök dolu. Ters astırdım ki görünsün, dikkat çeksin. Öyle de oldu zaten. Yerimiz iyice belli olunca düzeltmeyi düşünüyorduk biz de."

"Peki," diyor. "Yalnız bir an önce düzeltin... Gidebilirsin."

Yine biniyoruz askeri araca, askerler beni tiyatronun önüne kadar getirip bırakıyorlar.

O zamanlar haftanın belirli günlerinde caz konserleri düzenliyoruz. Tiyatroda bazen oda orkestrası klasik müzik dinletisi oluyor, gündüzleri de sanat filmleri oynuyor. Zaman zaman da halk ozanlarının konserleri oluyor salonumuzda. TRT'den başka kanal yok henüz. Çok ilgi görüyoruz. Böyle bir şey Türkiye'de ilk kez bizim salonumuzda gerçekleşiyor.

Açıyorum telefonu Ruhi Su'ya. Bir konser yapalım diyorum. Felaket hayranım kendisine, türküleriyle büyümüşüm. Türkiye'de dört baba ozan var ise bir Ruhi Su. Davudi sesiyle bir başladı mı okumaya, bülbüller susuyor. Bilgelik onda, beyefendilik de. Nur akıyor yüzünden.

"Konser?.. Yapalım," diyor. O sıralar pek ortalıkta yok. Belki de yasaklı. Benden aldığı bu telefon mutlu ediyor onu. Hissediyorum.

Koşup geliyor. Salonu kontrol edip sazıyla bir türkü söylüyor sahnede akustik nasıl diye. Sonra anlaşıyoruz. Bana arkasını dönmemek için geri geri çıkıyor merdivenleri, beyefendiliğinden. Hemen afişleri astırıyoruz, radyo reklamı, ilan falan. Gişeye biletleri koyuyoruz. Konsere iki gün kala bütün biletler satılıp tükeniyor.

Yine askeri bir cip duruyor kapıda. Bu kez biraz daha apar topar bindiriliyorum araca. Belli ki durum ciddi. Keşke yanıma çamaşır, çorap falan alsaydım. Hep duyuyorum. Rutubet hasta edermiş insanı. O rutubet yüzünden içeride ölmeseler de, çıkınca ölüyor mahkûmlar. Örnekleri çok.

Dikiliyorum komutanın karşısına. Komutan daha sert bu kez.

"Neden Ruhi Su?!" diyor. "Bu komünistten başkasını bulamadın mı konser yaptırmak için?!"

Cevap bile veremiyorum.

"Bak aslanım," diyor. "İyi birine benziyorsun. Konserin yarın... Basardım yarın orayı, suçüstü yapardım. Seni de atardım içeri. Konser gerçekleşmeden uyarıyorum seni, git bu komünistin şovunu iptal et."

Getirip bırakıyorlar beni kapıya. Bu kez de yırttık. Yalnız ne var ki ben bu haberi büyük usta Ruhi Su'ya nasıl söyleyeceğim? Adam hasta. Ayrıca çok hassas olduğunu da biliyorum.

Utana sıkıla açıyorum telefonu. Diyorum, Ruhi ağabey, böyleyken böyle. "Anlıyorum, tamam Levent'ciğim. Gerekeni yap," diyor. Bilet almış seyirci yeniden kuyruğa girip iade ediyor biletini, parasını alıyor.

Bu büyük ozan, daha sonraki yıllarda da yasaklıydı hep. Prostat kanseriydi. Tedavi olabilmesi için yurtdışına çıkması gerekiyordu.

Devlet müsaade etmedi. Ve maalesef dünya çapındaki bu büyük ozanı kaybettik.

Yıllar sonra Hülya Avşar'ın bir programında sözü geçiyor Ruhi Su'nun.

Hülya "Hadi o zaman bizi izliyorsa el sallayalım ona," diyor.

Kulağına, "Çok oldu öleli," diye fısıldıyorlar.

Büyük bir pişkinlikle,

"Aman ben nerden bileyim canım?" diyor. "Ben Ruhi Su'yu tanımam etmem."

Yıllar önce sıkıyönetim vardı. Çok canlar yandı. Şimdi "Çok sıkı yönetim" var. Beterin beteri yani. Eskiden kitaplar toplanırdı, şimdi taslaklar. O günleri arar olduk.

Allah sonumuzu hayır etsin...

Kaliteli yaşamak bizim elimizde

Film setinde bir hummalı çalışmadır sürüp gidiyor. Yeni diziyi film gibi çektiğimiz için, bir sahneden diğer sahneye geçerken farklı ışık yapılması gerekiyor. O süre zarfında da ışık elemanları çalışırken, biz oyuncular ara ara beklemek zorunda kalıyoruz. Bu aralıklar bize sohbet etme olanağı sağlıyor. Bol bol tiyatro anıları, çekim hikâyeleri anlatıyoruz birbirimize. Kendi aramızda gülüp hoşça vakit geçirmeye çalışıyoruz. Örneğin dün akşamki sohbetimiz Yeşilçam Sineması çalışanları üzerineydi.

Yeşilçam, ismini pek çoğunuzun da bildiği gibi Beyoğlu'ndaki Yeşilçam Sokağı'ndan alıyor. Bu sokaktaki üç beş yapım şirketinin ürettiği filmler Türk Sineması'nın mevcudiyetini sağlıyor. Oyuncular, figüranlar, "artistler kahvesi" dediğimiz, sıradan bir kahvede oturup rol bekliyor. Yapımcının yardımcısı kahveye gelip, "Sen, sen" diye adam seçiyor. Amele pazarında işadamlarının işçi seçmesi gibi. Seçilen kişilerin filmin gerektirdiği kostümlere sahip olması lazım, zira kendi kostümlerini kendileri getiriyorlar. Kostümün yoksa rol de yok.

Üç günde, dört günde film bitiyor. Filmlerin nasıl olacağını Anadolu'da film gösteren işletmeciler belirliyor. Bize şu adamla şu kadının oynadığı aşk ve macera türünden bir film gönderin, on-on beş gün içinde gelsin diyor. Hemen kollar sıvanıyor, kahve köşelerinde senaryolar yazılıyor ve çekimlere başlanıyor.

En iyi rejisör, en kısa zamanda film çeken rejisör. Çok az film yakan rejisör el üstünde. Yapımcı bir film için örneğin yirmi beş kutu film harcayabilirsin, diyor. Fazladan harcarsan cebinden ödersin. Bir, iki, bilemedin üç senarist var. Bütün filmlerin senaryolarını onlar yazıyorlar. Filmler hep birbirine benziyor. Genelde araklama senaryolar oluyor. Yapımcıdan herkes korkup tir tir titriyor. Rejisör kral, dediği dedik. Starlar hariç herkesi azarlıyor, kovuyor, gerekirse dövüyor. Ama starlara el pençe divan. Silme iş yaptıran starın ismi...

Yeşilçam'da ilk filmimi çekiyorum, hesapta ben de starım. Her dakika bana bir emrimin olup olmadığı soruluyor. En güzel yerlerde oturup, en güzel şekilde ağırlanıyorum. Benim dışımda herkes perişan. Yerlerde kaldırımda oturuyor. Saatlerce sıranın kendilerine gelmesini bekliyorlar. Şaşırmak, "tekrar" yapmak yasak. Çünkü film yanıyor. Şaşıran, azarlanacağını bildiği için gergin. Heyecandan zangır zangır. Bir de şaşırırsa, eli ayağı birbirine karışıyor. Rejisörden yediği fırça da cabası.

Altın Şehir filminin 1978'deki ilk çekim gününde öğlen oldu. Herkese yemek olarak gazete kâğıdına sarılmış yarım ekmek, içinde peynir, domates ve haşlanmış yumurta bulunan kumanya dağıtılıyor. Prodüksiyon amiri bana gelip sordu:

"Ağabey size kebap yaptırayım mı?"

Herkes yumurta ekmek yerken, ben nasıl kebap yerim? Ya bana da yumurta ekmek verin ya da herkese döner gelsin.

Sonunda tabii ben de yumurta ekmek yiyorum. Bana giyinip soyunmam için şartlar ne olursa olsun bir oda oluşturulmuş. Ama diğerleri yerlerde. Soyunma odasını ben de reddediyorum. Herkes gibi bir sandalyenin üstünde giyinip soyunuyorum. Benim emekçiden yana tavır sergilemem, yöneticileri rahatsız ediyor. Kulağıma fısıldıyorlar: "Bunlara bu kadar iyi davranma. Hem tepene çıkarlar hem de bizim üzerlerinde kurmuş olduğumuz disiplini bozarsın."

Sinemada ikinci derece rol oynayan oyuncular, figüranlar, set işçileri, huzurevlerinde öldüler. Üstelik aç ve sefil bir biçimde; çoğunun sigortası bile yoktu. Ben aslında azıcık dublörlerden söz edeceğim size.

Çekimde rol icabı siz yumruğu yersiniz, sizin yerinize dublörünüz yuvarlanır. At üzerine sizin yerinize kostümlerinizi giyip o çıkar. Rol icabı vurulup yerlere düşer. Bütün bunları üç beş kuruş karşılığında yapar. Çoğu kez yaralanır, bir yerleri kırılır. İlgisizlik yüzünden kendi yarasını kendi sarar.

"Ağa Kızı" dizisinin setinde sabah çekime geldim, arabamı park ettim. İçeri girerken kostümde çalışan bir kızın yerde yattığını gördüm. "Hayrola," dedim. Kostüm taşırken kamyondan düşmüş, ayağı kırılmış yarı baygın yatıyor. Diğer çalışanların onunla ilgilenecek zamanları yok. Üzerinden atlayarak vazifelerini yapıyorlar. Koydum kızı arabama, bir hastaneye götürdüm. Ayağı alçıya alında, acıları dindi. Ama setten beni arayan rejisörün fırçasını yemekten kurtulamadım. Beni telefonda azarlayan ses "Neredesin, herkes seni bekliyor," diyor. "Bir yaralı kızımızı hastaneye getirdim," diyorum, karşı taraf gene bağırıyor:

"SANA NE?! Bırak onu gel işini yap!"

Benim çektiğim bir filmde dublör ikinci kat penceresini kırıp takla atarak yerdeki karton kutuların üstüne atlayacak. Atlıyor da. Kırılan gerçek pencere camının arasından herhangi bir yeri kesilmeden geçmeyi başarıyor. Ne var ki karton kutuları tutturamayıp asfalta yapışıyor. Düşünce çıkan bacağını, arkadaşları tutup yerine oturtuyor. Üstünü başını silkeleyerek yanıma geliyor, soruyor:

"Nasıldım ağabey?.. Gene atlamalı, düşmeli roller olursa beni çağırır mısın?.."

Alıp yüz lirasını gidiyor.

Bir zaman sonra yine gerekli oldu. Çağırın şu arkadaşı dedim. "O öldü," dediler. Bir film çekiminde kırılan cam şahdamarını kesmiş ve kahraman dublörümüz oracıkta can vermiş.

Sinema emekçilerinin hakları ödenmedi. Şu anda da ödenmiyor. Ben ise onlara sadece saygı duymakla yetiniyorum. Biliyorum ki suçlulardan biri de benim.

Pop müzik

Gençlerin dinlediği popüler müziğe bakıyorum, besteler birbirine benziyor. Güfte dediğimiz sözler rezalet. Beni bırakıp gitme – geri dön – benim gibisini bulamazsın – özledim seni – terk etme beni – gidersen beni de götür – dön bana kapım açık – sensiz yaşayamam vs.

Bunların hepsi kavuşmak ve terk edilmek üzerine yazılmış basmakalıp sözler. Üstelik cahil, belli bir dünya görüşü edinememiş kişiler tarafından üretiliyor. Aşkı "Bırakıp gitme, geri dön"den ibaret sanıyorlar.

Türk Sanat Müziği'mizin tek sesli bestelerinin yetersizliğine karşın, güfteleri önemli. Şarkıları da bu güfteler taşıyor.

"Seni aradım kadehlerdeki dudak izlerinde."

"Yine bu yıl ada sensiz içime hiç sinmedi. Dil'de yalnız dolaştım hep. Gözyaşlarım dinmedi."

Dil, Büyük Ada'da bir burnun ismi. Dil Burnu.

Mesela: "Esme ey bad, esme canan uykuda."

Sevgilisine olan aşkını ne kadar güzel anlatmış. Rüzgâr esip de sevgilimi rahatsız etme çünkü o uyuyor demek istiyor.

Özdemir Erdoğan bir şarkısında,

"Sevgi anlaşmak değildir, nedensiz de sevilir

Bazen küçük bir an için ömür bile verilir," diyor.

Ne kadar gerçekçi değil mi?

Ya türkülerimizin sözleri? Aşkı şöyle anlatıyor bir tanesi,

"Ayın sonku (ışığı) vurur sazım üstüne,

Ay bir yandan, sen bir yandan sar beni."

Bir diğeri de şöyle, somut bir gerçek çıkarıyor karşımıza:

"Odam kireç tutmuyor suyunu katmayınca.

Sevda baştan gitmiyor soyunup yatmayınca."

Bakın Âşık Veysel aşkı nasıl anlatıyor:

"Güzelliğin on para etmez şu bendeki aşk olmasa

Eğlenecek yer bulamam gönlümdeki köşk olmasa

Koyun kurt ile gezerdi fikir başka başka olmasa."
Neşet Ertaş sevgilisinin güzelliğini bakın nasıl anlatıyor:
"Burnu fındık, ağzı kahve fincanı.
Şeker mi şerbet mi bil acem kızı."
Gene bir türkünün bir yerindeki mecaza bakınız:
"Lambada titreyen alev üşüyor."
Muhteşem değil mi?
"İki kapılı bir handa gidiyorum gündüz gece. Yetişmek için menzile gidiyorum, gündüz gece..." diyerek yaşamı ne kadar güzel sözcüklerle, "mecaz"la anlatıyor Âşık Veysel.

Nasrettin Hoca da aşkı şöyle yorumluyor:
"Hocam sen hiç âşık oldun mu?" diyorlar. "Bir keresinde tam oluyordum üstüme geldiler," diyor.
Parayla ilgisi yok. Hayatı bilerek ve kaliteli yaşamak bizim kendi elimizde.

Orhan Erçin

Kim olduğunu çoğunuz bilmezsiniz. Eski bir tiyatrocu, çok önemli bir komedyen. Öleli çok oldu. Kendisi benim ustamdı.

İyi bir oyuncu, iyi bir komedyen olduğumu düşünüyorum. Eğer böyleyse bunu ona borçluyum. Tiyatroculuk meşakkatli iştir. Televizyonlar yokken tiyatrocular çok faaldi. Sanatçı, Müslüman mahallesinde salyangoz sattığından, zaman zaman da sıkıntı çeker, karnını doyuracak para bulamazdı.

Kendisiyle yıllarca birlikte çalıştıktan sonra yollarımız ayrıldı. Ben yükseldim, şöhret oldum ve para kazandım. Bodrum'da tatil yaparken, bir gün ardımdan seslendi. Geri dönüp sesi buldum. Bir restoranın bulaşıkhane penceresinden bana sesleniyordu. Geçkin yaşına rağmen, yaşamını sürdürmek için orada bulaşıkçılık yapıyordu. Biraz da eğlenceydi bu onun için. Ustamı orada bulaşıkçı olarak görmek üzdü beni.

"İstanbul'a götür beni, senin tiyatronda çalışayım," dedi.

İkiletmedim, aldım getirdim. BKM'nin Necati Akpınar'ı benim yetiştirdiğim bir gençtir. Necati'yi müdür yapmıştım tiyatroma. Orhan Usta'yı götürdüm Necati'ye teslim ettim. Bak, dedim, bu benim ustam. Ona vefa borcum var, bundan böyle bizimle çalışacak.

Orhan Erçin iki yıldan fazla yanımızdaydı. Hiçbir şey yapmadı, sadece maaşını aldı. Bir süre sonra da bu dünyayı terk edip, aramızdan ayrıldı. Nurlar içinde yatsın. Ben şimdi bir öğrencisi olarak, vazifemi yapabilmiş olmanın gururunu yaşıyorum. Adam beni iyi yetiştirmiş. Benim yetiştirdiklerim beni telefonla bile olsun aramıyorlar. Demek ki ben öğrencilerimi iyi yetiştiremedim. Ya da devir çok değişti.

Vefa, bir semt ve boza markası olmaktan ileri gidemedi.

Değerli dostlarım

Bir ay kadar önce Bedri Baykam'ın başlattığı, dostların bir araya gelerek hasret giderdikleri yemek merasiminde dün gece sıra bendeydi. Hepsi birbirinden kıymetli bu değerli insanlarla birlikte olmak çok onur vericiydi.

Mehmet Güleryüz dünya çapında bir ressamımız. Beni çok güldürür, güldüğümü bildiği için anlatır da anlatır. Ben de çok takılırım ona, iyi şaka kaldırır.

Edip Akbayram ve eşi. Dünyanın en güzel insanları onlar. Edip, haza beyefendi, bir eşini bulmak mümkün değil, keşke hepimiz onun gibi olabilsek. Hayranım bu adama.

Ataol Behramoğlu ve ressam eşi çok farklı insanlar. Zeki, kültürlü, dost canlısı, yürekleri sevgiyle dolu. Arkadaşım oldukları için çok mutluyum.

Mehmet Aksoy bir koca heykeltıraş. Öylesine ünlü ki, Berlin Utanç Duvarı'nın yıkılması nasıl önemli bir tarihse, onun Kars'taki heykelinin dilim dilim doğranıp yıkılması da ayrı bir tarih. Tabii, ucube diyerek onu yıkan başbakan da tarihin utanç sayfalarında yerini aldı. Mehmet Aksoy öylesine duru ve mütevazı bir kişilik ki, onu sevmemek mümkün değil. Düşündüğünü sansürsüz söyleyiveriyor yüzünüze.

Harika çocuk Bedri Baykam ve eşi iyi dostlarım. Bedri şimdi adam gibi bir adam, hem de harika bir adam, eşi de öyle.

Orhan Aydın ve Orhan Kurtuldu benim değerli tiyatrocu dostlarım. Bir de gazeteci dostum Ümit Zileli var ki, kimselere değişmem.

Aslı Çifkurt'un ev sahipliğinde bütün gece yedik içtik. İçerken de Silivri'de ve sair yerlerde tutuklu bulunan bütün yurtseverlere kadeh kaldırdık.

Dostlar gittikten sonra Mehmet Aksoy sabaha kadar oturdu bizimle ve "ucube"yle ilgili bazı anılarını anlattı. Ağzımız açık dinledik. Heykelin yıkım tarihi 23 Nisan olarak belirlenmiş. "Ben bu tarihten iki gün önce oradaydım," diyor. Valiye gitmiş, "Tamam yıkacaksınız da, hiç değilse yıkım 23 Nisan'da olmasın." Vali, "Benim elimden bir şey gelmez," derken yıkıcıların-cellatların yanına gitmiş. "Siz neyi yıktığınızın bilincinde misiniz?" demiş. Bilinçlendirmeye çalışmış onları. "Yarın çocuklarınıza bunun hesabını nasıl verirsiniz?" demiş.

Adamlar cahil, bizim için iş iştir, demişler. Evet, Mehmet Aksoy 23 Nisan'da yıktırmamış heykelini ama bir gün sonra Allahuekber nidalarıyla yarı beline kadar yıkılmış heykel. Sonra işçiler paralarını alamamış ve yıkım durmuş. Paralarını istedikleri için yıkım işçileri güzel bir dayak da yemişler. Paralarını alamayan yıkım şirketi aramış Mehmet Aksoy'u. "Ağabey sen iyi bir adamsın, bize yardım et, biz bu belediyeyle nasıl baş edeceğiz, tanıdığın bir hukukçu var mı?" diye sormuşlar.

Mizah değil, aynıyla vaki. Aynı AKP belediyesi, "biz heykele karşı değiliz," deyip ihaleyle yeniden heykel yapıyor oraya. Mehmet Aksoy'un "ucube"sinin yerine. Kaşarpeyniri tekerleği ve bir kaz heykeli yapılıyormuş.

Ne âlâ memleket.

Okuduktan sonra yırtıp atın

Nevruz kimin bayramı olursa olsun; değil mi ki benim ülkemde, benim vatandaşlarım tarafından kutlanıyor; o takdirde benim bayramımdır. Biz bu ülkede hepimiz dostluk ve kardeşlik içinde yaşamayacak mıydık? Hadi, yaşayalım öyleyse. Başarısız yönetim politikaları bizi yıldırmasın. Terörün her türlüsüne karşıyım. Bu ülkeyi bölmek isteyenlere de karşıyım... Ayrıca her türlü sömürüye de karşıyım... Atatürk'e karşı olana da karşıyım.

Müjdat Gezen'e karşı değilim

Bilakis yanındayım. Canım kardeşim kötü bir olay yaşamış; Uğur Dündar da ben de yardım için atladık hemen. Lafı mı olur yahu; Müjdat demek ben demek. Ayrıca Müjdat'ın ekonomik bir sıkıntısı yok. Siz Müjdat'ın huzurevi olduğunu biliyor muydunuz? Siz onun pek çok yaşlı sanatçıya baktığını biliyor muydunuz? Peki, günün birinde bana da bakacağını biliyor musunuz? Müjdat, Bursa'ya bir kültür merkezi açmış ki, sormayın; bir eşi daha yok. Adam hazır yaptırmış, sahiplenip yaşatsanıza... Üç-on para için hacze gelip, salonun koltuklarını sökmek niye? Bir tiyatroyu yıkmak, bir camiyi yıkmakla eşdeğerdir; tiyatro da bir ibadethanedir.

Olayı duyduğumda Müjdat'a ulaşamadım, Uğur'u aradım. Konuyla ilgili bilgi aldım kendisinden. "Müjdat'ın üstüne geliyorlar," dedi. "Her zaman Müjdat bize bakacak değil ya, bir sıkıntısı varsa ben hazırım," dedim. "Aynı teklifi ben de yaptım," dedi.

Müjdat kaliteli adamdır. Kolay kolay ele geçmez, onun üzüntüsü benim de üzüntümdür. Üzmeyin benim can arkadaşımı.

Mehmet Aksoy

Biz can dostlar ayda bir birimizde buluşup yiyip içiyoruz. Edip Akbayram ve eşi, Ataol Behramoğlu ve eşi, Bedri Baykam ve eşi, Mehmet Güleryüz ve eşi, ben ve eşim, Mehmet Aksoy, Ümit Zileli. Son yemek, Mehmet Aksoy'un Cumhuriyet Köyü'ndeki küresel evindeydi. Bize aynı gece Nevruz ateşi de yaktı. Genişçe bir toprak alandaki bahçesi şaheser heykelleriyle dolu... Kimse yıkmasın, yıkamasın diye de bronzdan heykeller.

Evi kocaman bir top düşünün, işte öyle. Bokböceklerinden esinlenip yapmış. Bu böcek, dokunduğunuz anda, kendini korumak amacıyla yusyuvarlak bir topa dönüşüyor. Dünya çapındaki heykeltıraşımız Mehmet Aksoy, çocukken bu böceklerle çok oynarmış. Anne ve babası oğullarının bahçede bokböceğiyle oynadığını görünce, bu oğlandan bir şey olmaz derlermiş ama oğlan, düşünülenin aksine, koskoca bir heykeltıraş olmuş. Bokböceğinden esinlenerek yaptığı evi de görmeye değer. Tıpkı Fransa'da Ressam Matisse'in şimdi müze olan evini gezer gibi geziyorsunuz.

Evin her köşe bucağını konuklarla (çoğunluk bayan) gezdik. Açık düzen bir kurulum yapmış. Bu masada yemek yiyor, diyorlar. Bak bu da çay içtiği kupa. Yatak odasına mermer bir kapıdan giriyorsunuz. Kapının bir yanı erkek, bir yanı dişi... Odaya girip kapıyı kapattığınızda kapı çiftleşiyor. Aynı kapıdan aşağıda mutfak girişinde de var. Her çiftleşmeden her yıl üç-beş küçük kapı oluşuyormuş. Yatak odası çok etkileyici, insanın hemen kendini yatağa atası geliyor. Başıma bir şey gelmesin diye çok kalmadım o odada.

Yöresel yemekler hazırlatmış; hepsi birbirinden güzeldi. Şarap-rakı gırla... Yaklaşık yüz kişi kadar konuk ağırladı. Şarkılar söyledik, güldük eğlendik. Nevruz nedeniyle CNN canlı yayın yaptı. Bir ara beni de kolumdan kapıp kameranın önüne attılar. Dedim ki onlara; "Bu Mehmet Aksoy'u çok seviyorum. Heykeli dikilecek adam." TV muhabirleri lafın sonunun yıkılan heykele geleceğini sanarak beni omuzlayıp, Nevruz ateşinin dibine yıktılar. Mehmet Aksoy'la can dostu oldum, ailesi de çok sıcakkanlı, gerçek insanlar. Mehmet Aksoy'un sebepsiz yere heykellerinin yıkılması alışkanlık yaratmış; isteyen Aksoy'un Cumhuriyet Köy'deki muhteşem evine gidip bahçedeki heykellerden yıkarak stres atabilir. Aynı zamanda AKP'nin gözüne girme fırsatı da elde etmiş olabilirsiniz bu vesileyle. Can dostuma soruyorum, heykeltıraşlıkta para var mı diye. Şöyle cevaplıyor: "Yapan değil de yıkan daha çok kazanıyor. Yakın bir gelecekte yıkım şirketleri çoğalacak, zira yıkılacak çok heykel var."

Haldun Taner

Ölüm yıldönümünde anıldı Taner, okuduğu Galatasaray Lisesi'nde. Çok önemli bir edebiyatçı, değerli bir tiyatro yazarıydı. Pek çok oyun yazdı. Hepsi birbirinden güzel, bir şey söyleyen çağdaş oyunlardı bunlar.

Gençlik yıllarımda Ankara'da romanlarını ve öykülerini defalarca okumuşumdur. Kendisini de tanıdım, çok sohbetlerimiz oldu. Bazı şeylerden çok sıkılmıştı: "Artık sana yazacağım," derdi. Bir İstanbul efendisiydi. Eline vur ekmeğini al, öyle yani.

Bir gün *Milliyet* gazetesinde buluştuk kendisiyle, öğle saatleriydi. *Ay Işığında Çalışkur* isimli çok güzel bir romanı vardı. Onu oyunlaştırmasını rica ettim kendisinden. Zaman içinde, *Ay Işığında Şamata* ismiyle dediğimi yaptı. Taner'in eserlerini yorumlayabilmek için biraz bilge olmak gerekiyor. Hiçbir eseri sıradan değildir; sıradanlaştırılamaz. Zekâ ve beceri ister. Türkiye'deki ilk epik tiyatro uygulayıcılarındandır. Ne anlatmak istediğini bilemeden yorumlayamazsınız onu.

Her oynandığında olay olan, hasılat rekorları kıran "Keşanlı Ali"nin, TV'de bu kez şansı yaver gitmedi ve ustaya yakışmayacak bir şekilde katledildi. İzlemeye tahammül edebildiğim zamanlarda bir tek Nejat İşler'in oyununu sevdim. Ne yazık ki, Keşanlı'nın Alışık Tiyatrosu'ndaki oyunu, TV'dekinden de kötü. Üzülmemek elde değil...

Ağlanacak halimize zil takıp oynuyoruz

Yeni bir oyuna başladım, ismi "Azınlık." Yer yer çok komik, yer yer çok sert.. Yerse. Henüz sekiz oyun oynadım. Benim için adeta sekiz oyunluk bir bebek, oyunum. Pek çok şeyi dile getirdiğim ve bunları cesaretle söyleyebildiğim için hoşuna gidiyor insanların. Bir bakıma insanların içindekini, söyleyemediklerini söylüyorum. Turnedeyim ve ilgiden anladığım kadarıyla uzun sürecek turne. Tek başıma oynuyorum ama masal ya da fıkralardan oluşmuyor oyun. Allahına kadar gerçekleri söylüyorum korkmadan. TV'de susturulduk, programımız yayından kaldırıldı, inandıklarımı, bildiklerimi şimdi tiyatroda söylüyorum.

Ekip, teknik elemanlarla birlikte 12 kişi. Sahnede ise üç oyuncu arkadaşım var. İyi oyuncular bunlar. Ama onları konuşturmuyorum. Ha bire kostüm değiştirip, değişik kostümleriyle bol bol antre yapıyorlar. Onların yerine de ben konuşuyorum. İlginç bir durum çıkıyor ortaya. Hem oyun statik olmaktan kurtuluyor hem de bir hareket kazanıyor.

Daha sekiz oyunda duymuş seyirci duyacağını. İstek telefonlarının ardı arkası kesilmiyor.

"Bizim şehrimizde/kasabamızda da oynar mısınız?"

"Oynarız."

Salondaki seyirci oyunun nabzı. Türkiye'nin bugünkü durumuna yürekleri yanıyor, hem de ne yanmak. Gelen reaksiyonlardan anlıyorum bunu. Hep birlikte ağlıyoruz, gülüyoruz memleketin haline. Gerçekleri dillendirdiğim ve de iyi bir oyun çıkarttığım için mutluyum.

Neden Devlet Büyüğü?

Hükümetin üst düzey yöneticilerine neden "Devlet Büyüğü" denir? Bu büyüklük nereden gelir? Büyük denilen bu insanlar gerçekten büyük müdür? Bunlar büyüklüklerine, sorumluluklarına müdrik midir?

"Büyük" sözü çok iddialı bir söz. Fiziksel büyüklüğün dışında, büyüklük: Olmuşluk; ermişlik; erdem sahipliği; hoşgörülü olmak; kültür sahibi olup da bu kültürle ona buna caka satmamak; bağışlayıcı olmak; dostları unutmamak; küçüğü-büyüğü kollamak; sevgili ve saygılı olmak; paraya pula değer vermemek ve insana değer vermek.

Bu niteliklerin hangisi devlet büyüklerinde var? Bana bir kelime öğretenin kulu kölesi olurum, demiş peygamberimiz. Peygamberimiz öyle demiş ama en kutsal varlıklarımız öğretmenlerimiz, yan yana gelmiş 4'lerden oluşan molla yetiştirme sistemine karşı yürüdükleri için coplandılar, gaz sıkıldı yüzlerine, panzerlerden boyalı su fışkırtıldı, sürüm sürüm süründürdüler İzmir asfaltlarında öğretmenlerimizi. Devlet Büyüğümüz Başbakan'ın vicdanı sızlamadı. Gerçek büyüklerimiz öğretmenlerimize uygulanan bu şiddet karşısında, "Polis görevini yaptı," dedi Başbakan.

Anamız ağladı, analarımız tabut başlarında saçlarını yoldu yitirdikleri evlatları için. Altmış yıldır ben de bu ülkede yaşıyorum. Hiç bu kadar "Ana" ağlamamıştı. Gerçek büyüklerimiz analarımızı, cennetin ayaklarının altında olan analarımızı, Devlet Büyüğümüz Başbakan "Askerlik yan gelip yatma yeri değildir," diyerek bir kez daha ağlatmadı mı? Paralılar paraları ödeyip şehitlik mertebesinden tüyerken; ölen fukara gençler, gerçek büyüklerimiz değil mi? Bu düzeni kurgulayan, milletin anasını ağlatan, Devlet Büyüğümüz Başbakan değil mi? Okumuş, kendini yetiştirmiş, kitap kurdu olmuş insanlar az mı büyük? Mürekkep yalamışlık; okuyarak dirsek çürütmüşlük az bir şey mi? Bilgisiyle bilgilendiren, kitleleri aydınlatan bu insanlar için dememiş mi peygamberimiz, "Kulunuz köleniz olurum" diye? Peki Devlet Büyüğümüz Başbakanımız ne buyurmuşlar; "Ben okumadım, okuyanların halini görüyorsunuz. Ben okumadığım halde Başbakan oldum, büyüdüm büyüdüm Devlet Büyüğü oldum. Sadece Devlet Büyüğü olmadım, ekonomik olarak da dostlarımla beraber büyüdüm. Okumasanız da olur," demedi mi buyruğunda?

Büyüklük makamla, parayla, pulla olmaz. Büyüklük hoşgörüdür. Büyüklük; vatan sevmek, insan sevmek ve dinimizin de buyurduğu gibi, canlıya işkence etmemektir. Hele öğretmenlerimize işkence, en büyük günahtır. En büyük halkımız, başka büyük yok. Yoksa tuvalette de var; küçük, büyük. Fiyatları da farklı farklı. Ben gerçek büyükleri; fındık ile, fıstık ile, badem ile beslerim.

Oyuna çıkarken

Sahneye girmeden dua ederim; gelmişime geçmişime ve de ustalarıma. Duam bitmeden de antremi yapmam. Bitince "bismillah" derim ve başlarım oyunuma. Ben bu duaları Türkçe okuyorum. Türkçe okuduğum için yerine ulaşmıyor mu yoksa? Şimdi beni de kuşkuya düşürdüler; her şeyi bilen yüce Rabbimizin Türkçe bilmemesi mümkün mü? Diyanet İşleri başkanımıza soruyorum, ben Türkçe duaları boşuna mı okuyorum?

Televizyonlarda durum

Duruma müdrik bazı gazetelerin dışında bu yazdıklarım çıkmıyor, çıkamıyor. Devletin televizyonları ve diğer yandaş kanallarda millet, şakkıdı şukkudu oynuyor. Pop müzik yıldızlarımız, starlarımız, megalarımız gaflet uykusunda. Şık giysileriyle kendilerinden küçük ya da büyük sevgililerini kucaklayıp "Drink" yapıyor. Pembe lüks otomobillerinde tozpembe yaşıyorlar.

Gençlerimiz de onlara alkış tutuyor ve "Yetenek Sizsiniz Türkiye" yarışmasını izliyor. Bir köpek yarışmanın birincisi olmuş. Bir karikatür gördüm geçen. Bu birinci gelen köpek de şaşmış bu işe, şöyle diyor: "Yakında bunlar beni milletvekili de seçerler."

Eskiden ağlanacak halimize gülerdik, şimdi zil takıp oynuyoruz.

Kel başa şimşir tarak, buyur buradan yak

Bir ekibimiz var. Birbirinden değerli sanatçılardan oluşuyor: "Sanatçılar Birliği."

Dün gece Edip Akbayram ve eşi Ayten'in evinde yemekli bir toplantı yaptık. Rutkay Aziz ve Tarık Akan da aramızdaydı. Çok güzel bir geceydi. Ayten'in fevkalade misafirperverliği ve yemekleri bize parmaklarımızı yedirdi.

Gecenin sürprizi ise o günün, Ataol Behramoğlu'nun doğum günü olmasıydı. Ataol bize, pastası kesilirken güzel bir şiirini okudu. Biz de iyi ki doğdun, dedik. Hatta ben iki kere söyledim. Bir de şimdi söylüyorum, etti üç.

"İyi ki doğdun değerli dostum."

Gecenin bir vakti fıkralar anlatılmaya başlandı. Kimine az, kimine çok güldük. Ben daha çok, sevmeye doyamadığım, Edip Akbayram'ın anlattığı fıkraya güldüm. Bakalım siz de benimle aynı fikirde misiniz?..

Karadenizli bir hemşerimiz arkadaşının yanına gelmiş: "Benden altı adet vesikalık fotoğraf istediler, nasıl olacak bu iş," diye sormuş. Arkadaşı; "Kolay" demiş. "Belden yukarını çekeceğiz. Sen bir çukur kaz bahçeye, göm, belden aşağını, ben gelir çekerim resmini."

Ertesi gün kendisini yarı beline kadar gömen arkadaşının resmini çekmek için gittiğinde, "Tamam," demiş, "tam da dediğim gibi yapmışsın; ama yanındaki diğer kazılmış çukurlar niye?"

Yarı beline kadar gömülü olan yanıtlamış soruyu: "Vesikalık resmi altı tane istediler ya, ben de altı tane çukur kazdım." "Yahu ne gerek vardı?" demiş arkadaşı, "zahmet etmişsin. Ben altı tane fotoğraf makinesi getirmiştim."

Edip Akbayram'dan size bir pazar güldürüsü... Heves ettim, bir fıkra da ben anlatayım, dedim. Ne var ki Hayyam'ın bir dörtlüğünü Twitter'da sevenleriyle paylaştığı için sorgulamaya alınan Fazıl Say'ın başına geleni hatırlayınca, vazgeçtim anlatmadım.

Sakallı-şalvarlı bir molla, taksi çeviriyor ve arka koltuğa yerleşiyor. Şoför radyoda türkü dinliyor o sırada. Müşteri "Kapa şu türküyü, günah," diyor. Şoför radyonun dalgasını haberlere çeviriyor. Müşteri "Aslında radyo da günah... Peygamberimizin devrinde radyo mu vardı?" diyor. Şoför gayet sakin arabadan iniyor, mollanın kapısını açıyor ve "lütfen inin arabadan," diyor. "Peygamber efendimizin devrinde taksi de yoktu. Lütfen inin arabamdan ve deve bekleyin."

Ben dinibütün bir adamım. Bu benim için ne kadar haksa, inançsız olmak da bir başkası için hak. Hayyam'ın dizelerini de okuyamayacaksak artık, demek ki Neyzen Tevfik, hatta Can Yücel de okuyamayacağız demektir. Hatta bazı şairlerin dışında şiir okumak da yasaklanacak. Başbakan kürsüden "Nâzım Hikmet, Yılmaz Güney bizim değerlerimizdir," demiyor muydu? Diyordu?

Ben dünya çapındaki piyanistimiz Fazıl Say'ın yanındayım...
Yanındayız...
Biline...

Meral Okay

Allah rahmet eylesin Meral'e. Delikanlı, aydın bir kadındı. Daha çok rahmetli kocası Yaman Okay arkadaşımdı. Onu da kanserden kaybettik. Ölümüne birkaç gün kala, hastanedeki odasının penceresini açıp, "Tanrım, neden ben?" diye bağırırdı. Dinibütün bir adamdı. Eşi Meral Okay kazandığı paraları Nesin Vakfı'na bırakmış. Ne kadar anlamlı bir bağış... Ali Nesin de bu parayla bir eğlence köyü kuracakmış, bu da iyi.

Meral Okay öldükten sonra yakılmak istemiş. Müsaade etmemişler. İnternette birisi yazmış, ben okuduğumu aktarıyorum. Diyor ki: "Ölülerin yakılmasına karşılar, oysa dirileri diri diri yakıyorlar." Sivas Olayları'ndan söz ediyor. Dönemin Başbakanı Tansu Çiller, Madımak Oteli'nin yakılmasından sonra şöyle beyanat vermişti; "Telaş edecek bir şey yok. Yangın nedeniyle otelde birkaç kişi ölmüştür. Allah'a şükür, otelin önündeki kimseye bir şey olmamıştır."

Hadi bakalım, buyur buradan yak...

Nedim Saban

Duydum ki Nedim'in başarılı oyunu "Onca Yoksulluk Varken" Erzurum'da, Erzurum Belediyesi tarafından yasaklanmış. Gerekçe de dekorda "Kahrolsun Faşizm" yazılı olması... Duyduğumda, gülmekten ziyade düşündüm. Oyun bir Fransız klasiğidir. Filme çekildiğinde Simone Signoret ile Yves Montand birlikte rol almışlardı. Türkiye'de haftalarca kapalı gişe oynadı. Nedim kardeş, hâlâ farkında değil misin, bunlar şunu ya da bunu, şu ya da bu nedenle yasaklamıyorlar. Doğrudan tiyatro hedefleri, yasakladıkları tiyatro. Bilmem anlatabildim mi?...

Sana başarılar, gözlerinden öperim.. Diyeceğim ama diyemiyorum. Biliyorsun öpüşmek de yasak.

Dün gece yolda giderken çok tuhaf bir şey oldu

Ayine-i Devran döndü ve şu sureti gösterdi. Efsaneleşmiş Şehir Tiyatroları'nın başına gelebilecek en kötü şey geldi. Sanattan, tiyatrodan anlamayan Büyükşehir Belediyesi çalışanları, Şehir Tiyatroları'nın üst düzey yönetim kadrosuna yerleşti. Daha onlar o makama yerleşmeden yandaş gazeteler Şehir Tiyatrosu'nda oynanan oyunları sert bir dille eleştiriyorlardı.

"Bunlar sol oyunlar oynuyor. Neden Necip Fazıl Kısakürek oynamıyorlar," diye kazan kaldırdılar. "Niçin Aziz Nesin oyunları oynanıyor?" dediler. Aziz Nesin dünya çapında bir yazardır. Onun oyunlarını oynatmamak, karşı çıkmak, abesle iştigal etmek demektir.

Bu tavırların hiçbiri tesadüf değil, organize işler bunlar. Ülkenin yarın geleceği yerin, yol çalışmalarını yapıyorlar. Vah ki vah! Demek ki Şehir Tiyatroları bundan böyle 4+4+4 doğrultusunda oyunlar sergileyecek anlaşılan. İşin kötüsü "bu durum" kimin umurunda...

Mustafa Alabora, Muhsin Ertuğrul Sahnesi'nin önünde yapılan protestodaydı. Kendisine uzanan mikrofona, "Biz nasıl gidip de belediyeyi yönetemezsek, onlar da gelip Şehir Tiyatroları'nı yönetemezler, bir işi yapabilmek için o işi bilmek lazım," dedi. Etraftakiler alkış yağmuruna tuttu. Ben de Mustafa arkadaşıma katılıyor ve kendisini alkışlıyorum.

Sanki Türkiye'nin üzerine ölü toprağı serpilmiş; vah-vah, tüh-tüh, demeden öte geçmiyor insanlar. Korku, dağları bekliyor. Yandaşlaştırılmış bir medya, susturulmuş televizyonlar ve art arda gelen gericilik eylemleri...

Bir hanım, geçen gün yanıma geldi; "Levent Bey, sizinle aynı görüşteyim ama korkuyorum, ne yapabilirim?" diye sordu. "Ben bir patroniçeyim, şirketim var. Konuşursam şirket elimden gider diye korkuyorum."

"Bakınız hanımefendi," dedim, "başta kaybedecek şeyleri olanlar korkarlar. Biz dahi pek çok sanatçıyı kurtaramadık bu kişisel çıkar hesaplarından. Siz bugün şirketinizi kaybetmeyi göze almazsanız, yarın daha büyüğünü, 'ülkenizi' kaybedersiniz. Dolayısıyla şirket 'Allahın emri' yok olur."

Soruyorum, "Hiç Silivri'ye gittiniz mi?" diye. "Yok, gitmedim," diye yanıtlıyor. "Oraya ilk fırsatta gidin ve sadece kalabalık edin. Bu bile bir şeydir..."

Ayaklı Gazete

Geçen gece "Ayaklı Gazete" ödülleri dağıtıldı. Bana da onur ödülü verdiler, sağ olsunlar. Ben de alırken; "Bu onur ödülünü hapishanelerde hücrelerinde çürüyen onurlu yurtsever aydınlar adına alıyorum," dedim. Salondakilerin bazısı alkışladı, bazısı başını önüne eğdi, bazısı da direkt alkışlamayı reddetti. Gece boyunca kimse yanıma uğramadı. Belki benimle görülüp mimlenmek istemiyorlar. Örneğin hemen yanımdaki masada Ali Kırca ve haber ekibi oturuyordu. İnanır mısınız beni görmezden geldiler. Ali Kırca ödül alırken yurtseverlerden bahsedecek mi diye kulak kabarttım. Boşuna kabartmışım. Eski devrimci Ali, şimdilerde farklı hesaplar peşinde. Çok yazık... Daha bugünden kimsenin yüzüne bakamıyorlar. Yarın ne yapacaklar acaba? Böyle bir yazıda benim adım geçseydi, yerin dibine geçerdim.

Tören çok güzel organize edilmişti. Yemekler ve hemen her şey güzeldi. Hanımefendiler, beyefendiler sanki moda dergilerinden çıkmış gibi giyinmişlerdi. Şöyle bir etrafıma baktım, sanki başka bir ülkedeydik. Türkiye kimsenin umurunda değildi.

Yıllar sonra böyle bir ödül töreninde muhtemelen şerbetler içilecek, kadınlar ayrı bir odada, erkekler ayrı bir bölmede alacaklar ödüllerini. Ne yazık ki insanlar bu görünen köyü görmek istemiyorlar.

Bu güzel gecede dikkatimi çeken diğer şeyler şunlardı...

Hanım sanatçıların hemen hepsi yirmi santimlik topuklu ayakkabıların üzerindeydi, benim kızım da buna dahil. Erkeklerin tepesinden bakıyorlardı, plonje. Ya kadınların seviyesini düşürmeli ya da bir yol bulup erkekleri yükseltmeli. Biz sinemada boyu kısa oyuncuların altına takoz koyarız. Acaba erkekler, hanımların altında kalmamak için takozlarıyla mı gezseler?

Sahnedeki sunucu kızımız çok güzel sundu geceyi. Sunucular genelde seyircilerden alkış rica ederler: "Şöyle dolu dolu bir alkış alalım." Seyirci de istemeye istemeye alkışlar. Alkış, aksırık gibidir, içeriden gelir. Zorla olmaz, ısmarlama alkış olmaz yani. Biz tiyatroda oynarken, "Burada güleceksiniz, burada alkışlayacaksınız," diyor muyuz? İnsanların alkışlayacağı varsa da alkışlamaz o zaman. Bakmayın siz dizilerdeki konserve alkış ve gülme efektlerine. Bunlar Amerikan kaynaklı şeyler. Amerika sizi her yönden ele geçirsin de ne olursa olsun. Amerikalı gibi gülüyoruz, onun gibi "burger"ini yiyoruz, onun gibi kot giyiyoruz, onun müziğini dinliyoruz, filmini seyrediyoruz, onun sözünden çıkmıyoruz. O da bizim iliğimizi, kemiğimizi sömürüyor.

Evet, o güzel gece için ve beni de ödüllendirdikleri için teşekkürler Ayaklı Gazete'ye.

Gözüm, dürüstlüğü ve dik duruşuyla tanınan, Uğur Dündar ve Yılmaz Özdil'in başkanlığını yaptığı haber ekibini aradı. Bu güzel ekip hükümete taviz vermeyip, gerçekleri dillendirdikleri için işlerinden kovuldular, biliyorsunuz. Benim gönlümde yılın haber ekibi, onlar.

Bir ara yanıma Ali Ağaoğlu geldi, "üstat" diyerekten. Şahsımla ilgili güzel iltifatlarda bulundu bana. İlk kez karşılaştım kendisiyle, kibar adam... "Keşke programın yasaklanmasa, devam etseydi de benim tiplememi de yapsaydın," dedi. Ben de "Gene de yaparım, bir banda kaydeder yollarım sana," dedim. Kendisi gecenin sponsoruydu.

Bir ihtimal daha var

Hatay Samandağ'da eski bir düğün salonunda oynuyoruz "Azınlık" oyununu. Kulis olarak giyinip soyunduğumuz derme çatma bir barakadan yazıyorum bu haftaki yazımı. Yarın da Antep'e geçip orada oynayacağız. Samandağ aşırı sıcağının dışında güler yüzlü, misafirperver insanlarıyla dikkati çekiyor. Burada Kürt'ü, Türk'ü, Hıristiyan'ı, Arap'ı, hep bir arada, dostluk içinde yaşıyor. Cami ile kilise sırt sırta. İnsanlar da aynı. Çoğunun Suriye'de akrabaları var. Hiç kimse savaştan yana değil.

İki Müslüman ülke, iki komşu, ne oldu da düşman oldular?

Buna kimse bir anlam veremiyor. Düne kadar Esat olan Suriye Başkanı, neden bugün Eset oldu, bunu araştırıyorlar. Ne var ki, sorunun cevabını bulmuşlar. "Amerika böyle istiyor." Tavizci hükümet de uyguluyor.

Samandağlıların barış isteklerine ben de katılıyorum.

Benimle birlikte ilk kez bir tiyatro gelmiş Samandağ'a. Onlar da, ben de, bu ilkin tadını çıkaracağız.

Yılmaz Erdoğan

Elhamdülillah hepimiz Müslümanız. Ne var ki, benim yanımda yetişip rahle-i tedrisatımdan geçen Yılmaz, hükümete yaranmak için bazı sözler sarf etmiş. Gazetelerden anladığım kadarıyla yeni çekeceği filmi için hükümetten hatırı sayılır bir para desteği almış. Bir önceki filminde de Abdullah Gül'ün eşi Hayrünnisa Hanım'dan destek görmüştü. Tabii ki bu destekler karşılıksız olmuyor. Parayı verirler ve karşılığında duymak istediklerini söyletirler size.

Atatürk'ün bayramlarının yavaş yavaş yasaklandığı, şehir ve devlet tiyatrolarının kapatıldığı, Türk ordusu ve yurtsever aydınların hapishanelerde çürüdüğü, yazarların yazdıkları kitaplardan değil de taslaklardan tutuklandığı şu günlerde bütün bunları görmezden gelip yandaş söylemlerde bulunmak...

Yakıştıramadım Yılmaz'a.

Sanki bu suçu kendim işlemişim gibi.

Bakamıyorum insanların yüzüne. Her an bana "Yetiştire yetiştire bunu mu yetiştirdin?" diyeceklermiş gibi geliyor.

Yine de Yılmaz'ın devrimciliğinden ödün vermeyeceğini düşünüyor, bir yanlışlık olmuştur inşallah diyorum.

Bozuk süt

Yıl 2012.

Türkiye bir tarım ülkesi. Çocuklarımıza beslenmeleri için dağıtılan süt, onları nasıl zehirler? Onlarca çocuğumuz ölümden döndü. Üstüne üstlük yetkililer yaptıkları açıklamada sütün bozukluğu konusunda insanları saptırmaya çalışıyor. Açıklama şöyle:

"Mide ve bağırsakları hassas olan bazı çocuklarda oldu bu durum. Yoksa diğer çocuklarda bir şey yok."

Bu tip gerçeklerle her gün o kadar çok yüzleşiyoruz ki, artık gülemiyoruz da, ağlayamıyoruz da. Ağzımızı açıp şaşkın şaşkın dinliyoruz bu sütübozukların ifadelerini.

Sadri Alışık

Çok severdim kendisini....

Halk da çok severdi, ben de.. Onun iyi bir izleyicisi idim.

Yıllardır karısı ve oğlu, onun adına ödüller dağıtıp dururlar. Kırk yedi yıllık tiyatrocuyum, lafımı hiç esirgemeden her zaman muhalefet ederek, filmler, televizyon programları ve tiyatro oyunları yaptığım halde, ne hikmetse bu ana-oğlun gözüne giremedim. Bırakın herhangi bir ödül almayı, seyirci olarak bile davet edilmiyorum.

Son ödül töreninde sanatçıların yasaklamalara karşı çıkmaları, Genco Erkal'ın yasakçı zihniyete Sadri Alışık selamı vermesi, burnumun direğini sızlattı.

Şehir ve devlet tiyatrosu oyuncuları bilmeliler ki, kanımın son damlasına kadar yanlarındayım. Bu çarkın dişlilerine çomağı hep birlikte sokacağız.

Gerçek Cumhuriyetçilerle, yandaş sanatçıları birbirlerinden ayırt etmeyi ihmal etmemeliyiz.

Bekir Coşkun

Gerçekleri söyleyip yazan çok az sayıda köşe yazarı kaldı. Bunlardan birisi olmak beni çok onore ediyor.

Bekir Coşkun, Yılmaz Özdil, Emin Çölaşan gibi mangal yürekli dostlar...

Bekir ağabeyin *Başın Öne Eğilmesin* adlı kitabını aldım havaalanında. Uçakta da okudum bitirdim. Ellerine, yüreğine sağlık. Derhal kendisini aradım ve kutladım.

Bekir ağabeyin kitabından alıntı yaptığım, Sadık Aktan'ın bir hikâyesini aktarmak istiyorum size:

"Vaktiyle aynı ormanda yaşayan bir aslan ve bir inek sürüsü varmış. Aslan sürüsünün gözü inek sürüsünde. Ama inek sürüsü kendini savunacak kadar kalabalık ve güçlü.

Aslanlar açlıktan yorgun, halsiz, güçsüz kalmışlar. Düşünüp taşınmışlar; sürü kalabalık ve güçlü. Saldırırlarsa karşılık bulacakları kesin.

Aralarında konuşup anlaşıyorlar, içlerinden ineklerin sürüsüne bir elçi gönderiyorlar. Elçi diyor ki:

'Size saldırırsak ne olacağını biliyorsunuz. Mutlaka aranızdan birini alıp yiyeceğiz, buna engel olamazsınız. Gelin, ne kendinizi ne bizi uğraştırmayın, aranızdan sarı ineği bize verirseniz size saldırmadan onu alıp gideriz ve bir daha gelmeyiz. Bundan sonra da güzel güzel geçiniriz.'

İnekler düşünmüşler, taşınmışlar, bilge ineğe sormuşlar: 'Olmaz' demiş bilge inek, 'aramızdan hiçbirini vermeyin.' Ama aslanlar ısrarlı. En sonunda razı olmuş inekler, nasıl olsa saldırırlarsa birimiz gidecek, hem biz de çok yorulacağız. En sonunda peki demiş inekler, bir inekten ne çıkar?

Vermişler sarı ineği, aslanlar da sarı ineği bir güzel yemişler, karınlarını doyurup kendilerine gelmişler.

Bir kaç gün sonra aslanlar gene acıkmışlar, yine gelmiş aslanların elçisi ineklerin yanına:

'Aranızda boynuzu kırık bir inek var, sinirimizi bozuyor, verin onu, ne kendinizi ne bizi uğraştırmayın demiş...'

Barış yanlısı inekler, ikinci tavizi vermişler, o inek de verilmiş. Artık işi öğrenen aslanlar, benekli inek, kuyruğu kısa inek, şöyle inek, böyle inek deyip inekleri bir bir almışlar sürüden. Sürü de günden güne iyice azalmış. Artık aslanlar elçiye gerek kalmadan açık açık saldırmaya, istedikleri ineği sürüden götürüp yemeye başlamışlar.

Sürünün ileri gelen inekleri, panik içinde tekrar bilge ineğe koşmuşlar. 'Biz nerede hata yapıyoruz? Sürümüz yok olacak!' demişler.

Bilge inek cevabı vermiş: 'Sarı ineği hiç vermeyecektik...'"

Ha Hasan kel, ha kel Hasan

Üç dört gündür Bodrum'dayım... Hava kötü. Bazen yağıyor, gökyüzü bir açık bir kapalı. Rutubet oranı yüksek; açıkçası bunaltıcı bir hava var. Bense bunaldığım için kaçmışım buraya. Gram keyfim yok... Ülkeyle bozmuşum kafayı, belki de tedavilik bir haldeyim bilemiyorum.

Henüz kimsecikler yok Bodrum'da, geceleri soğuk oluyor. Yıllardır tanırım Bodrum'u, ilk kez üşüyorum. Bağışıklık sistemim de zayıf, sinir sistemim de... Birini gülerken ya da eğlenirken görsem gırtlağını sıkasım geliyor. Ülke bu durumdayken hayatın akıp gitmesi dahi sinirime dokunuyor.

Oynadığım tiyatro oyunu "Azınlık"ın dışında işsizim, bir de *Aydınlık* gazetesinde yazıyorum. Birisi çıksa da bana ciddi bir para verse... Acaba kendimi, ülkemi satıp yandaş olabilir miyim? En son Yılmaz Erdoğan'ın yaptığı aklımdan çıkmıyor: "Beş vakit ezan okunuyor, bunları, dizilerde, filmlerde neden duymuyoruz, görmüyoruz?" diyor... Dedirtiyorlar demek zorunda kalıyor, zira bedel ödüyor. Geçen hafta yazdım bu konuda; yinelemeyeceğim...

Neden bir Mehmet Barlas bir Sezen Aksu olamam? Beni sımsıkı tutan nedir, ayakta durduran nedir? Neden kimse satın alamıyor beni ve diğer azınlıktakileri?! Ülke ve insanlar için değilse, neden Bekir Coşkun ölümle burun buruna gelsin; neden Yılmaz Özdil işinden olma pahasına hükümeti karşısına alsın?! Yüzlerce yurtsever aydın, gazeteci, profesör hapishanelerde çürümeyi göze alsın... Halkımıza hiç mi bir şey anlatamıyoruz? Neden anlatamıyoruz?! Dönenle dönmeyen bir mi?.. "Yazıklar olsun,"

deyip vazgeçmek ne kadar doğru?!.. Umutsuz yaşanabilir mi?..
Tablo yeterince karamsar değil mi?.. İnsanlar neden korkak?!.. Neden bir türlü anlamıyor?!.. Neden kimse okumuyor?.. Gerçekleri görmek bu kadar zor mu?!.. Biz boşa mı çabalıyoruz?!..

Atatürk'lü kravat

Meclis'i ziyarete randevulu giden bir vatandaşımızı, kravatında Atatürk resmi var diye içeri sokmamışlar. Vatandaş da ısrar etmiş: "Gireceğim, hem de bu kravatla," demiş. Atatürk resmine siyasi simge olarak bakıyorlar. Yani Atatürk kendi kurduğu meclise giremiyor ama başı örtülüler girebiliyor, onların örtüsü siyasi simge sayılmıyor...

Türkiye Kupası Fener'in

Aslında umurumda değil futbol kulüpleri. Kapitalizmin ticarethaneleri... Maçlarda büyük hasılatlar elde ediliyor; bu uğurda vatandaşın cebinden büyük paralar çıkıyor. Hem enayi yerine konuluyor hem de aklı çeliniyor.

Final maçında Bursa Çelik Palas Oteli'nin restoranında yemek yiyordum. Birdenbire öyle büyük bir gürültü koptu ki oturduğum sandalyeden yere düştüm. Meğer biri kupayı almış. Bir oteli yıkmadıkları kaldı. Ciddi bir para ödeyip dinlenmek için gittiğimiz otelde bırakın dinlenmeyi, uyuyamadık bile. Zira, şampiyon olan takımın taraftarları otomobillerinin kornalarına basa basa, sloganlar ata ata gezdiler Bursa'nın sokaklarında. Sanki karınları doyuyor; sanki maaşlarına zam geldi...

Düşündüm, aynı şeyi ben de yapar mıyım diye...

Yaparım ama bir tek şartla: Örneğin Atatürk'ün boğazından, Cumhuriyet'in eteğinden ellerini çekerlerse... Demokrasiyi yerlerde sürüklemekten vazgeçerlerse ve özür dileyip yurtseverleri salıverirlerse... İşte o zaman ben de elimi arabanın kornasından çekmeden gezerim sokaklarda, taki akü boşalana kadar...

Sen kendine kendin gibi bir hıyar seç

Kahvaltı ederken Mahsuni Şerif'i düşünüyorum. Bana onu düşündüren, sabah sabah dilime takılan türküsü... "Ey Arapça okuyanlar, Allah Türkçe bilmiyor mu?" diye başlıyor türkü. Günümüzden 25-30 yıl önce söylemiş bu türküyü. Cem Karaca çocukluk arkadaşım, Mahsuni'nin türkülerini kendi ağzına uydurup söylüyor. Ankara'da bir konserde kapalı spor salonu hıncahınç dolu, içeride en az yirmi bin kişi var. Cem koşarak sahneye çıkıyor... Herkes ayaklarda, Allahına kadar devrimci... Polis, Cem'i korumayı reddetmiş, Ankaralı İnci Baba'nın adamları koruyorlar onu. İlk şarkıya başlıyor Âşık Mahsuni, "Acı doktor bak bebeğe" salon adeta yıkılıyor... Şarkının içinde, parası olmadığı için "Al ceketimi al, yeter ki bebeğe bak" diyor Cem. Başındaki kasketi yere vurup, ceketi çıkarıp spor salonunun ortasına atıyor... Yirmi bin kişi coşkuyla gene ayaklanıyor.

Konser bitiminde genellikle bizim Bahçelievler'deki evimize gidiyoruz Mahsuni, Cem ve ben. Annem onlar gelecek diye dolma sarmış ve Cem seviyor diye suböreği yapmış. Yemeğimizi yerken Atatürk rakısı da içiyoruz. Bir Cem anlatıyor, bir Mahsuni, bir de ben. Mahsuni sürekli mahkemelerde dolanıp duruyor, mahkeme dışındaki günleri de hapishanelerde geçiyor. Sıkıyönetim var, Devlet Güvenlik Mahkemeleri pek yaman, sıkı mı sıkı... Sıkı derken bugünkü mahkemeler kadar da değil hani. Rakısından bir yudum alıp, ardından sarmayı meze yaptıktan sonra sohbete başlıyor. Diyor, görmeliydin. "Ey Arapça okuyanlar; Allah Türkçe bilmiyor mu?" türküsü yüzünden güvenlik mahkemesinde duruşmadayım...

Hâkim: (Soruyor) "Yahu bu nasıl bir kelam?" diyor. "'Allah Türkçe biliyor mu bilmiyor mu?' Ne demek yani bu?"

Mahsuni: Aynı soruyu size de soruyorum sayın hâkim. Her şeyi bilen Rabbim Türkçe mi bilmiyor?"

Hâkim: (Bir süre bocalıyor) "Benim aklım ermez böyle şeylere, hem soruyu ben sorarım," diyor. Önündeki kıza eğilip, "yaz kızım," diyor. Kızın önündeki siyah Olivetti marka yazı makinesinden şakır şukur sesler çıkıyor. Hâkim daktilo gürültüsünü bastırmak için yüksek perdeden; "Bahsi geçen türkünün mahkememizce dinlenmesine"... Daktilo sesi şak şak şuk (belli ki bir harfi iyi basmıyor). Eski bir Grundig teyp getirilip fişe takılıyor, Mahsuni'nin türküsü teypten dinleniyor: "Ey Arapça okuyanlar Allah Türkçe bilmiyor mu?" Mahkeme salonu çın çın ötüyor.

Mahsuni, bize anlatmaya devam ederek, "Bir ara" diyor, "bir baktım hâkimler ve savcılar farkında olmadan ayaklarını yere vurarak tempo tutuyorlar." Bana dönüp artık sen buna durum komedisi mi dersin absürd mü dersin çok geçmeden salonda türkü dinleyerek mahkemeyi izleyenler başladılar mı ellerini birbirine vurarak tempo tutmaya. Hâkim kendini toplayıp ayağa kalktı ve bağırdı. "Kesin be kesin, gazino değil burası... Türküyü dinliyorsak kanun namına dinliyoruz, susun yoksa hepinizi dışarı atarım." Hızını alamıyor seyirciyi dışarı atıyor Mahsuni'yi de içeri. Yaşanmış komik bir olay bu.

Aydınlıkçıların davasını izlemek için Silivri'deydim

İzlerken, duruşmanın Mahsuni'nin anlattığından daha düzeysiz, daha komik olduğunu düşünüyorum. Hâkim bana ne düşündüğümü anlamış gibi bakıyor, bir süre karşılıklı bakışıyoruz; o benim düşüncelerimi, ben de onun düşüncelerini okuyorum. O da yaptığı işten memnun değil, hatta salonda izleyici olması rahatsız ediyor belli ki. Abuk sabuk sorulara çok güzel yanıtlar geliyor tutuklulardan, izleyiciler kahkahalarla gülüyorlar, bir tek alkış eksik. Hâkim ya da savcı salondaki izleyiciyi uyarıyor: "Gülmeyin! Burası komedi tiyatrosu değil!"

Komedi tiyatrosu... Bu benzetme kendisinden geliyor. Orası komedi tiyatrosu. Sadece alkış eksik. Mahkemeden dışarı çıktığımda kahkaha sesleri bahçeden bile duyuluyordu. Ben de komiğim diye dolanıyorum iyi mi? Gel gör bak ne komikler var...

Hüseyin Haydar

İyi şair, baba şair Hüseyin Haydar. Şair gibi şair... Anlatmak istediğini sular seller gibi anlatabilen şair... Silivri'de beraberdik geçen gün. Ben Hüseyin Haydar, Hayati Asılyazıcı. Hayati ağabey ustamız: "Dönerken beni de al arabana," dedi. Üçümüz atladık benim arabaya, Silivri'de aklımız kalarak İstanbul istikametinde yola koyulduk. Hüseyin Haydar sadece şair değil, yol boyu fıkra da anlattı bize. Aynı zamanda mugallit.

Birbirini tanımayan iki kişi umumi bir tuvalette pisuarın karşısında, biri işiyor diğeri elleri cebinde, sıkıntılı, fayanstaki görüntüsünü izliyor. Yanındaki:

"Ne o, bir sorun mu var?"

(Ellerini cebinden çıkartmadan) "Şu benimkini de çıkarıp pisuara tutar mısın?"

(Sakat olduğunu sandığı için) "Tamam."

(İşi bitince) "Şimdi de silkeleyip aleti yerine koyar mısın?"

Yaptık bir hayır, hazır elim bulaşmışken görevimi tam yapayım sevaptır, diye düşünüyor. Koyuyor aleti yerine, elleri cebinde olan sağ elini çıkartıp fermuarını kendisi çekiyor. Durumu fark eden diğeri:

"Madem elin kolun tutuyor aletini niye benim elime verdin ki," diye çıkışıyor.

"Yahu kardeşim," diyor bizimki, "dün gece beni mahcup etti. Konuşmuyorum onunla..."

Hayati ağabey ile güleceğimiz tuttu, biraz da birbirimizi tetikledik kıkırdarken. Hayati ağabey damağını düşürdü, benim kalbimin pili yerinden çıktı. Âlem adam şu Hüseyin Haydar, öldürüyordu bizi az kalsın...

Ağlarsa anam ağlar gerisi yalan ağlar

"Yangın var, yangın var, hep yanıyoruz"
"Bekçi baba yangın nerede?"
"Türkiye'de..."

Aklıma gelenleri sıralıyorum
Tiyatrolar kapatılıyor.
Heykeller yıkılıyor.
Senfoni Orkestrası dağıtılıyor.
Eğitim sistemi din ağırlıklı oluyor.
Kızların eğitim ve öğrenimi kısıtlanıyor.
Muhalif köşe yazarları işten atılıyor.
Muhalif programlar yayından kaldırılıyor.
Gazeteler baskı altında.
Sansür her yerde.
Kadınlar örtündü ve örtünmeye devam ediyor.
Atatürk, kendi kurduğu meclise giremiyor.
Ordu tasfiye edildi.
Atatürkçüler hapishanelerde.
Paşalar hapis.
Yazarlar tutuklu.
Cumhuriyetle ilgili bayramlar yasaklanıyor.
19 Mayıs Gençlik ve Spor Bayramı yasaklanıyor.
23 Nisan Ulusal Egemenlik ve Çocuk Bayramı yasaklanıyor.
Orduevlerine her türlü dinci ve gericilerin girişi serbest bırakıldı.

Pek çok konuda artık fetva veriliyor.
Bıyıklar kısaldı, sakallar uzadı.
Başörtüsüyle üniversitelere giriliyor.
Ordunun yetkisi polise verildi.
Camiler çoğaldı, mescitler yaygınlaştırılıyor.
Grevler yasaklandı.
Mahkemeler özgür değil.
Özel yetkili mahkemeler kuruldu.
Kravat yasaklanmak üzere.
Atatürk resimleri giderek yok olmaya başladı.
Haremlik selamlık uygulaması başladı.
İçki yasaklanıyor – Lokantalar içkisiz olma yolunda ilerliyor.
Helal mal, helal gıda dönemi başladı.
Askerlik paralı oluyor ve kısalıyor.
Ülke toprakları yabancılara satılıyor.
Bakabildiğin kadar değil yapabildin kadar çocuk dönemi.
Hatıra parası bahane edilerek Türk parasından Atatürk çıkarılıyor.
Kürtaj yasaklanıyor.
Parasız eğitim isteyen öğrenciye 8,5 yıl hapis.
Poşu takana 23 yıl hapis.
Taslak halindeki yazılmamış kitaplar toplanıyor.
Cumhuriyetçi aydın profesörler hapsediliyor.
Karikatür yasaklanıyor.
Din yanlısı şirketler ödüllendiriliyor.
Dini kurs açanlar giderlerini vergiden düşüyor.
TV'lerde Atatürk düşüncesi yasaklanıyor.
Hapishaneler suçsuz insanlarla doldu.
Yeni hapishanelerin inşaatları sürüyor.

Aydın Cumhuriyetçi ordu mensupları dalgalar halinde toplanıp içeri atılıyor.

İnsanlar duruşmalara çıkabilmek için yıllarca hücrelerde bekletiliyor.

Hükümet yanlısı yazar, çizer, işadamı, sanatçı ödüllendiriliyor.

Gazeteciler tutsak.
Gazeteler özgür değil.
Solcular yok edildi.
Yandaşlar çoğaltıldı.
Din üzerinden politika yapılıyor.
Muhalefet partisi, hükümetin işbirlikçisi.
Amerika, ülkenin pek çok yerine yerleşti.
Devlet kurumları, özelleştirme adı altında, yandaşlara satılıyor.
Grev hakkını kullanmak isteyenler işten atılıyor.
Uludere'de kendi uçaklarımız kendi vatandaşımızı vurdu.
Boyalı büyük gazeteler ülkede olup biteni görmezden geliyor
Bozuk gıdalardan insanlar ölüyor.
Süt bozuk, diye rapor veren kurum kapatıldı.
Adil karar veren hâkimler sürülüyor.
Aydınları savunan avukatlar hapse atılıyor.
Tutuklu yakınları işten çıkarılıyor.
Ülkenin çağdaş sanatçıları, örneğin Fazıl Say, tutuklanmak üzere, yargılanıyor.
Yazarlar, olmadık iddianamelerle gözaltına alınıyor.
Atatürkçü dernekler kapatılıyor.
Dizilerde oynayan sanatçılar, pop müzik sanatçıları ülke sorunlarına duyarsız.
Holdingler, işadamları hükümet yanlısı oldu; olmayanların üzerine vergiyle gidiliyor.
Halk suskun ve korkak.
Ayakta duran, çalışıp yazabilen yazarlar yandaş oldu.
İşleri tıkırında pek çok sanatçı hükümet yandaşı.
Madımak Oteli'nde 35 ozanımız yakıldı. Tutuklular ceza almadı.

Hatırladığım bazı olayları şöyle bir sıraladım. Bu listenin altını açık tutacağım ve aklıma geldikçe, yeni olaylar oldukça altına ilave edeceğim. Hiç şüphesiz, liste tamamlandığında karşımıza farklı bir Türkiye çıkacak. Ben karşı durmaya devam edeceğim.

"Sanatçılar Girişimi" ekibinin kurucu üyesiyim; bu girişimdeki sanatçı dostlarımla birlikte... Doğrulardan, haktan, hukuktan söz etmeye, "itirazımız var" demeye devam edeceğiz.

Şaka yaptık, deyip salın içeridekileri

Haydi artık "Şaka yaptık," deyip salın şu içeridekileri... Fethiye'deyiz. "Azınlık" oynuyoruz. Çoğunluk seyrediyor. Festival kapsamında bir de ödül verdiler bana ,"İnatçı Keçi" ödülü. Böylece Azınlık oyununun aldığı ödül sayısı altıya yükseldi. Ne mutlu bana. İnatçı ve korkusuz olduğum bir gerçek... Yoksa doğruları savunamazsınız, pısar kalırsınız. Cumhuriyet savunulmaya, sahip çıkılmaya değer bir rejimdir.

Şehir Tiyatroları Gecesi

Telefonum çaldı, beni arayan Vasıf Öngören'in kızı. Öngören "Asiye Nasıl Kurtulur" oyununun yazarı. "Levent ağabey, tiyatrolar kapatıldığı için direnişteyiz, gel sen de bizimle diren." Cevap: "Tamam emrin olur. Oyunumdan bir bölüm mü oynayayım, yani ne yapmamı istersiniz?" "Ağabey, senin ağzın laf yapar, halka hitaben konuş, gerçekleri söyle ama yarım saatten kısa olmasın."

Memnuniyetle kabul ettim ve katıldım geceye. Sıram geldiğinde anons ettiler, sahnede yerimi aldım ve başladım konuşmaya. Son derece iyi gidiyor, seyirci avucumun içinde, gözleri gözümde... Henüz yarım saat olmamış ki sahnenin önünde bir yerde Şehir Tiyatroları Yönetmeni Engin Alkan, bana sağ ve sol işaretparmaklarını birbirinin üzerinden döndürerek; toparla - kısa kes, anlamında işaret yapıyor. Ya konuştuklarım işine gelmedi, ya korktu ya da herhangi bir şey. Ne var ki çok ayıp. Seni desteklemek için gelmiş bir ustanın sözünü kesiyorsun, büyük saygısızlık. Hemen bitirdim konuşmamı ve sahneyi terk ettim. Benden sonra da genç bir kızımız pop söylemeye başladı. Yani programın saatinin aksamaması, destek vermekten, halkınızı aydınlatmaktan daha mühim anlaşılan.

Hükümet; Devlet Tiyatroları'nı, Şehir Tiyatroları'nı, Senfoni Orkestrası'nı kapatmış. Herkes isyanlarda...

Hükümet bir bildiri yayınlayıp "Tiyatrolar kapansa da oyuncular maaşlarını alacak," diyor, bu direnişi kırıyor. Sanatçıların pek çoğu direnmekten vazgeçerken, diğerleri de sırf direniyormuş gibi görünerek sessiz ve pasif direniş yolunu seçiyorlar. Benim gibi sazanlar da herhangi bir menfaati olmadan, sırf inandığı için direnmeye koşuyor ve orada parmak işaretine maruz kalıyor. "Önce maaşlarınızı vereceğiz," derler. Ortalık yatışınca, önce hükümet ödemeyi vaat ettiği maaşları yarıya indirir, sonra tamamen keser. Siz tekrar direnmeye kalkarsınız ama çok geç olur. Sonra Levent Kırca'yı da o direnişe davet edersiniz ama parmak işareti yapacağınızı bildiği için gelmez.

Aksak Timur, fillerini bakılması için köylülere bırakır. Köylüler ne yapsalar bu iki obur fili doyuramaz, Hoca'dan yardım isterler. Hoca, hep beraber gidelim, durumu Timur'a anlatalım, der. Yola koyulurlar... Timur'un gazabından korkan köylüler birer ikişer sıvışıp kaybolur. Hoca tam Timur'un kapısına gelmişken bir de bakar ki fillerden şikâyetçi olan köylülerden hiçbiri yok ortada, hepsi tüymüş.

"Buyur Hoca Efendi ne istiyorsun?" diye soran Timur'a şöyle cevap verir; "Hünkârım, köylüler senin bakılması için verdiğin bu iki filden çok memnun, varsa birkaç fil daha istiyorlar," deyiverir.

İki fille yolladıkları Nasrettin Hoca'nın altı-yedi fille geri döndüğünü gören köylüler, ne diyeceklerin bilemez, apışıp kalırlar.

Dünyanın garip halleri

"Olacak O Kadar" programı hükümet tarafından yasaklanmayıp da devam etseydi, seçtiğim iki konuyu televizyonda size bakın nasıl oynardım:

Senaryo 1
Adı: "Irzıma Geçmeyin"
Türü: Polisiye

Asiye, gece geç saatlerde annesinin evindedir.

Asiye: Gecenin bu saatinde kadın başıma beni neden çağırıyorsun anne?

Anne: İyi de kızım, baban beni dövüyor. Hatta öldüreceğini, kıtır kıtır keseceğini söyledi. Seni çağırmayıp da kimi çağıracaktım?

Asiye: Neden polisi aramadın anne?

Anne: Aradım. "Henüz ortada bir suç yok, ancak ölürseniz gelebiliriz," dedi. "Ölürsem kim arayıp da size haber verecek," dedim. "Sizi öldürecek olana rica edin, işi bitince bizi arasın," dedi. Ben de çaresiz seni aradım yavrum.

Asiye: (Babasının koltuktaki sızmış haline bakarak) Şu anda uyuyor. İçki getiriyor bu adamı bu hale. İçki bütün kötülüklerin anasıdır. Geç oldu, ben evime gitmek zorundayım.

Asiye çıkar, bir alt sokaktaki evine hızla ulaşmaya çalışmaktadır. Yüksekçe bir yerden önüne tipsiz bir adam atlar.

Asiye: Ay sen de kimsin!

Adam: Ailenizin tecavüzcüsü...
Asiye: Yoksa siz Tecavüzcü Coşkun musunuz?
Adam: Coşkun'un devri geçti kızım... Ben Bekir. Tecavüzcü Bekir.
(Damdan atlayarak yanlarına iki adam daha gelir)
Asiye: (Korkarak) Peki bunlar kim?
Adam: Bunlar benim asistanlarım. Biz mahşerin dört atlısıyız. Dördüncümüz damda erketede.
Asiye: (Ürkek) Yani?
Adam: Aynen düşündüğün gibi... Tecavüze uğrayacaksın...
Asiye: "İmdat!" diye bağırsam?
Adam: Boşuna nefesini yorma. Tecavüz kaçınılmazsa zevkini çıkaracaksın.
(Asiye'nin üstünü başını yırtarlar. Sırayla tecavüz başlar.)
Adam: (Kan ter içinde kalmıştır) Oğlum ben çok yoruldum, kaldığım yerden gel sen devam et.
2. Adam: Benim canım çekmiyor.
Adam: Parayla değil be kardeşim, sırayla.

---Geçme---

(Aradan uzunca bir zaman geçer. Asiye tecavüzcülerden hamile kalmıştır. Bir devlet hastanesine başvurur.)
Kadın müracaat memuru: Ne vardı?
Asiye: Şey, ben hamile kaldım da...
Memur: Eee, ne var bunda şekerim. Ne güzel işte... Ben hamile kalabilmek için kaç senedir tedavi görüyorum, kaç senedir uğraşıyorum senin haberin var mı?
Asiye: Şey, yalnız benim durumum farklı.
Memur: (Sözünü keserek) Kocam kısır çıktı... Ama kısırlığı kabul etmiyor. Erkek işte. Bir çocuk doğuramadın diye beni suçluyor.
Asiye: Sen meseleyi anlamıyorsun. Bana tecavüz ettiler. Ben

bir tecavüzcüden hamile kaldım. Hatta üç tecavüzcüden... Biri de damda erketedeydi, yani etti dört.

Memur: (Gözlerinin içi parlar) Adı neydi tecavüzcünün? Nerede tecavüze uğradın? Saat kaçtı? Sokağın ismini biliyor musun? (Kendi kendine) Acaba hâlâ orada mıdırlar? Telefonlarını aldın mı?

Asiye: Hanım, ben bu çocuğu doğurmak istemiyorum. Yani aldırmak istiyorum. Bir tecavüzcünün piçini doğuramam.

Memur: Sizin gibileri hiç anlamıyorum. Bu senin alın yazın. Allah'ın verdiğine karşı mı çıkıyorsun? Aman bana ne be... Bak hemen karşında "ikna odası" var. O odaya gir, ya sen onları, ya da onlar seni ikna etsin.

Asiye bir hışımla ikna odasına girer, beş kişi bir masanın başında oturmaktadırlar.

Asiye: (Ikına sıkına) Efendim, ben hamileyim... Bana tecavüz ettiler ve ben hamile kaldım.

1. Memur: (Sevinçle) Gözün aydın kızım. Ailene müjdeyi verdin mi?

Asiye: Saçmalamayın beyefendi Allah aşkına, bu çocuğu doğurmak istemiyorum, kararlıyım...

2. Memur: İyi düşündün mü evladım?

Asiye: Canım, bunun nesini düşüneceğim Allah aşkına?

3. Memur: Yavrum sen bu çocuğu istemeyebilirsin. Ama bebeğin bunda ne suçu var? O günahsız yavru... O bir melek...

Asiye: İyi de bir düşünsenize, bu çocuğa hangi gözle bakarlar? Topluma, hatta kendisine ne yararı dokunur? Ne şartlar altında okur? Büyüyünce ne olur?

4. Memur: Belki baba mesleğini seçer yavrum. Tecavüzcü olur... Maşallah, bu yasa çıktığından beri tecavüzcüler hiç boş durmuyor.

Asiye: Kim bakar bu çocuğa? Kim büyütür?

5. Memur: Devlet. Devlet hep babadır ya yavrum. Ama bu

kez analık yapacak. Yani devlet anamız büyütecek bebeğini. İkna oldun mu?

Asiye: Hayır olmadım. Ben bu sorumluluğu alamam. Bu çocuğu doğurmak istemiyorum.

5. Memur: Senin istememenle olmaz yavrum. Babasının da muvafakat vermesi lazım... Hatta çocuğun bile fikrini almalıyız. Bilmem anlatabildim mi... Yaşam onun, öyle değil mi?

Asiye: (Şaşkındır) Nasıl alacaksınız ki çocuğun fikrini?

1. Memur: Gördün mü bak! Fikrini alabilmemiz için çocuğu doğurman lazım. Henüz doğmamış bir çocuğun fikrini alamayız öyle değil mi?

2. Memur: Bak kızım, benden söylemesi; fişlenirsin. İşinden olursun. Elinden bütün hakların alınır. İyisi mi inat etme, gel sen doğur şu çocuğu.

Asiye: (Çaresiz. Biraz düşünür) Peki nasıl olacak bu iş?

3. Memur: Eskiden doğurunca caminin önüne bırakırdınız, öyle değil mi... Şimdi devlet annenin şefkatli ellerinde olacak. Çocuğu bırak bize, sonra sen yürü git. Yeni maceralara yelken aç. Yüklen yüklen gel bize...

(Donan görüntünün üstüne ses düşer)

Ses: Asiye çocuğunu doğurdu. Çocuğun adı "devlet" oldu. Nur topu gibi bir oğlan çocuğu... Asiye'yi, ırzına geçilen sokakta aile arasında düzenlenen küçük bir düğünle, ırz düşmanı ile evlendirdiler. Evlense de, tecavüzcü hiç durmadı. Sürekli çocuk doğurttuğu için, devletten "üstün hizmet madalyası" aldı.

Asiye çocuğunu hiç görmedi.

Çocuk ne oldu, hiç bilinemiyor.

Tecavüzcüye gelince, o şimdi kim bilir kimin üzerinde.

Sahne kararır.

MUTLU SON VE FİNAL...

Senaryo 2
Adı: "Dönüşüm Muhteşem Olacak"
Türü: Mehter Marşlı Müzikli Film

Bizim muhterem, Sam amcaya mektup yazar. Sam amcası mektubu açtığında gözlerine inanamaz ve hemen okumaya başlar. Mektup şöyle demektedir:

"Canım amcacığım, evvela mahsus selam ederim. Sizi çok sevdiğimi bilmenizi istiyorum. Çocukluğumdan beri hep bir yerin başına geçmeyi hayal etmişimdir. Bu hayalimi ancak siz gerçekleştirebilirsiniz amcacığım. Sizin isteyip de yapamayacağınız hiçbir şey yok şu dünyada ya da bu fani dünyada. Beni başa geçirin ne olur. Yalvarıyorum size. Hele ben bir baş olayım, o zaman görün benim size olan bağlılığımı. Amcacığım, siz olmadan dünyanın hiçbir anlamı yok. Aslında, dünya öküzün boynuzları üstünde durmuyor. Onu siz döndürüyorsunuz. İsterseniz tersine de döndürürsünüz, bir düz bir ters de yaparsınız.

Sevgili amcacığım, sanat sizden yayılır dünyamıza. Sinema da öyle, moda da öyle, müzik de öyle. Az kalsın yiyecekleri unutuyordum amcacığım. Hamburger, McDonald's, yanında cola ve patates kızartması. Özgürlük, sizin ülkenizden fışkırıyor dünyamıza. Sorumluluğunuz ağır. Demokrasi götürüyorsunuz her bir yana. Sizin isteyip de yapamayacağınız hiçbir şey yok. İsterseniz pireyi deve yaparsınız, deveyi de hamuduyla yutarsınız. Savaşları çıkarır, silahları satar, istediğiniz ülkeyi dünyadan atar, petrolleri satar... yan gelir yatarsınız. Bugüne kadar çıkardığınız savaşlar emsalsizdi. Ama bunlar sizi kesmez amcacığım. Size yeni savaşlar lazım. Ülkelerdeki yönetimleri değiştirip, kukla yönetimler kurarsınız... Hele siz beni bir başa geçirin, o zaman görün beni.

Canım Sam amcacığım, size layık bir yeğen olacağıma söz veriyorum. Ne derseniz onu yapacağım. Direnenleri hapse atacağım, bu hayalle yatıp kalkacağım. Ha, aklıma gelmişken, bir de arkadaşım var, artist gibi bir çocuk, güzel de türkü söyler. Lütfen onu da yükseltelim, biz kendisiyle baş başa verirsek, emin olun dağları deleriz. Siz çalarsınız biz oynarız.

Sevgili amcacığım, siz arkamızda olursanız sırtımız yere gelmez... Bizi deneyin, sınayın, bir imkân verin. Sizi mahcup etmediğimizi göreceksiniz. Bizim buralar çok büyük ve mümbit. Bir kısmına, düşündüğünüz birileri varsa yerleşebilir. Biraz bizden, biraz komşulardan, al sana bir yerleşke.

Amcacığım, ellerinizden hasretle öpüyorum. Sizi seven yeğeniniz Muhterem...

Kestane kebap, acele cevap."

Sam amcanın gözleri dolmuştur. Mektup kendisini çok enterese eder. Daha önce de bu mümbit toprakları yönetenler, kendisine sadakatte kusur etmemişlerdir. Ancak, bu genç kendiliğinden istekli görünmektedir. Bir şans verelim delikanlıya, diye düşünür.

"Gel oğlum, ne olursan ol, gene gel," diye cevap yazar muhtereme. Muhterem soluğu amcasının sarayında alır. Amcası onu huzura kabul eder ve konuşur.

Amca: Bak yeğenim, çok istekli görünüyorsun ama, ben sizin oralara "üs" kurabilir miyim? Sizin diyarı kullanarak etrafı altüst edebilir miyim?

Muhterem: Edersin amcacığım, hiç beis yok.

Amca: Aydınlarınız ne der buna?

Muhterem: Aydınları karartırız, bir şey diyemezler amcacığım.

Amca: Peki ya askerleriniz?

Muhterem: Onlar bir tatil beldesine "atta" giderler.

Amca: Peki ya muhalefet?

Muhterem: Amca, merak ettiğin şeye bak, muhalefet Allah'a emanet... Ben nasıl senin sözünden çıkmayacaksam, onlar da benim sözümden çıkmaz. Öyle bir muhalefet lideri var ki, mektup yazsa postaya veremez. Bir seçim olsa oy kullanamaz. Bakın size bir şey söyleyeyim de biraz gülelim: Adam yürüyen merdivenlere tersinden biniyor. Ne kadar çıkarsa çıksın hep aynı basamakta. Bilmem anlatabiliyor muyum? Sen onu bana bırak amca, ben onun hakkından gelirim.

Amca: Yani yeğenim, sana güvenebilir miyim? Bak başarısız olursan, seni tefe koyup oynarlar.

Muhterem: Ayıp ettin be amca, kim oynayacakmış beni?

Amca: Tiyatrolar evladım... Sahneye koyarlar seni.

Muhterem: Kapatırım tiyatroları. Kükrerim, bendimi aşarım, heykelleri bile yıkarım...

Amca: Sarışın, mavi gözlü bir adam var hani?

Muhterem: Ee, iyi de, öldü o amca?

Amca: Ama insanlarınız onun izinden gidiyor...

Muhterem: Sileriz izlerini be amca, iz bulamazlarsa nesini izleyecekler?

Amca: Her konuda bir şey söylemiş bu adam...

Muhterem: Yahu amcacığım, çok âlemsin ha... Sen bana bırak bu işleri... İş bilenin, kılıç kuşananın... Atı alan Üsküdar'ı geçer. Sen benim sırtımı sıvazlarken, Üsküdar'a giderken yağmur bile yağmaz.

Amca: Peki ama bunlar lafta kalmasın yeğen... Yazalım bir kâğıda, sen de altını imzala...

Muhterem: Yaz be amca. Ne istersen yaz... Hepsini uygularız bu yaz... Bu yaz değilse de önümüzdeki yaz.

Amca: Peki, yeni bir tüzük yapalım sizin oralarda

Muhterem: Yaparız...

Amca: Ya muhalefet karşı çıkarsa?

Muhterem: Çıkmaz, korkma. Sen paradan haber ver...

Amca: Para kolay, aniden zengin olduğun anlaşılırsa ne diyeceksin?

Muhterem: Torunumu sünnet ettireceğim bu yaz. Sünnette takıldı bu paralar, derim.

Amca: Aferin. Hadi sen artık uç bakalım.

Muhterem: Yoo, yağma yok. Şöyle baş başa bir resim çektirelim. Nasıl ben senin belgeni imzaladım, benim de elimde bir belge olsun.

(Karşılıklı gülerler ve ellerini "çak" yaparlar. Kamera açılır, sarayın penceresinden gökyüzüne yükselir... Yükselir, yükselir, yükselir... Görüntü kararır, perdeye yazı düşer.)

THE END

Not: Bu hikâyenin gerçek kişi ve kuruluşlarla hiçbir ilişkisi yoktur. Tamamen hayal ürünüdür.

Polis peşimde... Neden mi?.. Az sonra...

Bizden daha komik bir ülke herhalde yoktur. Sorunlar diz boyu değil, gırtlağa dayanmış. boğulduk boğulacağız anasını satayım. Ne Cumhuriyet kalmış ne Atatürk. Ülkenin ilericisi, aydını hapishanelerde çürütülüyor. Amerika'nın buyruğu üzerine Ortadoğu allak bullak... Suriye'nin toprağı ve petrolü ABD'nin iştahını kabartıyor. Biz de maşacılık yapıyoruz. Atatürk, kendi kurduğu meclise giremezken, orduevlerinde hacılar, şeyhler, hocalar fink atıyor. Onca sorun varken Hülya Avşar, Antalya Film Festivali'nde jüri başkanı olsun mu olmasın mı, bu tartışılıyor. Gazeteler, korktukları için gerçekleri yazamıyorlar, malum. Çoğu da yandaş medya... Ne bekliyordunuz ki bu gibi konularda, elbette sayfa dolduracak, ahkâm kesecek.

Mine Kırıkkanat

Çok sevdiğim, yazılarını keyifle takip ettiğim bir köşe yazarımız... Dünya görüşü olan, cesur, korkusuz bir yazar... Genel kültürü ve cesareti açısından festivalde eser sahiplerinin güvencesi olacaktır.

Selçuk Yöntem, değerli bir oyuncumuz. Ayşegül Aldinç iyi bir müzisyen. Pelin, yetenekli bir genç kardeşim... Objektif olacaklarına ve bu konuda titizleneceklerine eminim ve onlara güveniyorum.

Sevgili Hülya,

Hatırlayacağını umuyorum. Biz tiyatroyla turnedeydik. Siz de Antalya Film Festivali'nde bir filminizden ötürü sıkıntı çekmiştiniz. Yıllar önce oldu bu olay. Jüri başkanını ve jüri üyelerini protesto etmek istediniz ama bu işi nasıl yapacağınızı bilemiyordunuz. Sen, Perihan Savaş, birkaç oyuncu daha, benim otelime gelmiştiniz. Ben de müşteki olduğunuz için, ricanız üzerine size bir bildiri hazırlamıştım. Jüri başkanının ve üyelerinin filminize haksızlık ettiğini düşünüyordunuz. O zaman bu işlerin zor olduğunu, hakça yapılabilmesi için yeterli kültüre sahip olmak gerektiğini uzun uzun anlatmıştım sana. Hazırladığım bildiriyi de alıp gitmiştiniz, bilmem anımsıyor musun? Şimdi ne değişti, aynı duruma sen düştün, öyle değil mi?

Festivalde üye olmana itirazım yok. Bu öyle bir sorumluluk ki, sonunda hesap vermek zorunda kalırsın, benden söylemesi.

DİKKAT!

Bir insan bir filmde, hatta pek çok filmde oynamış olabilir. Bu, jüri üyesi ya da başkanı olmasını gerektirmez.

Polis peşimde, fellik fellik beni arıyor

Evet, beni arayan Marmaris polisi... Marmaris'te savcılık oynadığım "Azınlık" oyunu ile ilgili ifademi almak için beni arıyor. "Azınlık" benim altı aydır elli ayrı ilimizde, halkın hıncahınç doldurduğu amfitiyatrolarda oynadığım, ayakta alkışlanan oyunum. En son Marmaris'te, Datça'da ve Didim'de oynadım. Marmaris'te AKP İlçe Başkanı ve Bazı AKP'liler de ajan gibi izlemişler oyunu. Ve benimle ilgili bir toplantı yapıp suç duyurusunda bulunmuşlar. Söyledikleri şu:

1. Eskiden Levent Kırca'yı biz de izlerdik ama artık izleyemiyoruz, diyorlar

2. Oyunda çok küfür varmış ve 18+ yaş ibaresi yokmuş.

3. Başbakan'a ve Cumhurbaşkanı'na, hatta AKP Hükümeti'ne hakaret ve küfür ediliyormuş. Bu nedenle AKP Marmaris Başkanı savcılığa suç duyurusunda bulunmuş.

Tek tek cevaplıyorum:

1. Beni eskiden beğenerek izliyorlardı çünkü iktidarda değillerdi. Dolayısıyla başka partilerin eleştirilmesi hoşlarına gidiyordu. Kendilerine olunca tahammülleri yok. Oyunda müstehcen bir durum ya da küfür yok. Oynadığım oyunun yazılı metnini hem bu arkadaşlara hem de savcılığa teslim edeceğim. İspatı mümkün.

2. Oyunda Başbakan'a ve Cumhurbaşkanı'na asla küfür edilmiyor. Bu kadar salak olmadığımı herkes bilir. Kaldı ki bu oyun benim bir buçuk yıldır *Aydınlık* gazetesinde yazdığım yazılardan oluşuyor. Suç unsuru olsaydı, zaten yayımlanmazdı. Ayrıca "Azınlık" oyununu oynamaya devam ediyorum. İsteyen gelip görebilir.

3. Oyunun Ankara ve İstanbul'daki galasını öne çekip eylül ayının ikinci yarısında gerçekleştireceğim. Ve Sayın Başbakan'ı, Sayın Cumhurbaşkanı'nı, basını, kamuoyunu bu galalara davet edeceğim. Herkes gerçeği kendi gözüyle görsün.

• Oyunun adı, az sayıda kalan, Atatürk ve Cumhuriyetçiler için "Azınlık."

• Azınlık oyununda, Türkiye, Menderes'ten başlayarak sırasıyla 27 Mayıs İhtilali, Cemal Gürsel (eleştiriliyor), koalisyon hükümetleri, Tansu Çiller, Demirel, Mesut Yılmaz, Kenan Evren darbesi, Turgut Özal dönemi eleştirilerek komik bir biçimde anlatılıyor. Korkan gazete sahipleri, dönek köşe yazarları eleştiriliyor. Silivri'de ve diğer hapishanelerde yatan paşalar, yurtseverler, işinden kovulan gazetecilerden sıklıkla söz ediliyor. Elbette ki Erdoğan Hükümeti de eleştiriliyor. Ama hakaret ve küfür yok.

• Atatürk'ten, çokça saygıyla söz ediliyor. Yasaklanan bayramlarından ve Gençliğe Hitabesi'nden söz ediliyor.

Gelelim işin gerçek yüzüne

Elbette ki günün birinde, sıranın bana da geleceğini biliyordum. Konuyu çarpıtmanın gereği yok. Eğer Atatürkçülükten yargılanacak, Cumhuriyeti sahiplendiğim için hapis yatacaksam, şerefle, bu bana gurur verir. Ama bilesiniz ki, artık Türkiye patlama noktasındadır. Buradaki bu saldırı, bana değil, benim aracılığımda Atatürk'e ve Atatürk Cumhuriyeti'nedir. Korkmadığımı da açıkça ifade etmeliyim.

Sanata düşmanlık kapsamında, ucube denilerek yıkılan heykelden tutun da, devlet ve şehir tiyatrolarının kapanmasıyla süren, dağıtılan Cumhurbaşkanlığı Orkestrası'nın ardından, benim oyunum "Azınlık" hedef alınmıştır.

Azınlık oyunu, oynadığı kısa süre içinde saygın, önemli kurumlardan ödüller almıştır.

1. Prof. Dr. Türkân Saylan En İyi Oyun Ödülü
2. Uluslararası Prof. Cüneyt Gökçer En İyi Oyun Ödülü
3. İsmet Küntay En İyi Erkek Oyuncu Ödülü
4. Dikili Festivali İnatçı Keçi Ödülü
5. Mizahçılar Derneği Yılın Mizahçısı Ödülü

• Avrupa İnsan Hakları Sözleşmesi'nin 10. maddesi aynen şöyledir: "Herkes görüşlerini açıklama ve anlatım özgürlüğüne sahiptir."
Saygılarımla,

Levent Kırca

Deveye boynun eğri demişler, nerem doğru ki demiş

Müşfik Kenter de öldü... Öldükten sonra biz onun ne kadar büyük bir aktör olduğunu ve insanlığını anlata anlata bitiremedik. Doğrudur söylenenler, ben de tanırdım kardeşimi. Ama acaba sağlığında kapısını çalıp, sıkıntılarını soran oldu mu? Türk Tiyatrosu hakkındaki düşüncelerini biliyor muydunuz? Bir dokun bin ah işit durumundaydı hoca. Yakınır dururdu, kırgındı, üzgündü.

Bildiğim bir şeyi burada yinelemeyi faydalı buluyorum. Sanatınıza, sanatçınıza yok olmadan önce sahip çıkmalısınız. Hiç şüphesiz Müşfik Kenter her rolün aktörüydü. Neden böyle bir değeri her dakika ekranları işgal eden dizilerde izleyemedik? Aynı şey Yıldız Kenter için de geçerli. Bir dönem, Sayın Yıldız Kenter "İşsizim, dizilerden rol bekliyorum," diye kendini hatırlatmak amacıyla gazeteye ilan vermişti. İnsanlar yadırgadılar, şaşırdılar ama Kenter kendi üslubuyla sanat âlemini eleştiriyor ve ibret dersi veriyordu. Keza merhum Müşfik Kenter'in eşi Kadriye Kenter ne kadar başarılı ve hanımefendi bir sanatçıdır. Neden onları para kazanacakları işlerde, filmlerde, dizilerde göremeyiz? TRT'de yayınlanan yandaş oyuncularla dolu diziler neden yalnızca taraftara hizmet verir? Ölünce arkadan konuşması kolay, sağlığında önünüzdeydi Müşfik Kenter, ne yaptınız onun için?

Heykellerin yıkıldığı, tiyatroların kapatıldığı bir dönemin talihsiz kültür bakanı konuştu durdu arkasından. Tiyatroları kapatma kararınız üzmedi mi zannediyorsunuz? Bence ilk o gün ölmüştü Müşfik Hoca. Böyle bir ustanın ardından bir o kanala bir bu kanala koştu durdu Ertuğrul Günay. Ben de arzu ederim ki, Cumhurbaşkanı da konuşsun, hatta Başbakan da, hatta bu vesileyle şu tiyatroları kapatma düşüncelerini tekrar gözden geçirsinler.

Kenter Tiyatrosu, Türkiye'nin ilklerindendir. Kuruluşundan bu yana tanıklık ettim onların Türk tiyatrosuna katkısına. Türkiye'ye adeta, işte budur, dedi Kenterler. Sadece oyuncu yetiştirmediler, seyirciyi de yetiştirdiler. Kenter tiyatro binasının Harbiye'de vücut bulması için ne kadar çabaladılar, ne çok üzüntüler yaşadılar o binayı ayakta tutabilmek için. Yıldız Kenter, tek başına oynadığı bir oyunda tek tek dile getiriyordu bu sıkıntıları. Sonuç hiçbir zaman "boş"a çıkmamalı; her şey boşmuş boşa uğraşmışız dememeli usta sanatçılar. Onlar bir şekilde taçlandırılmalı. Şimdi Müşfik Kenter'i ne kadar övmeye çalışsanız yetmeyecektir, klişe kalacaktır cümleleriniz. Önemli olan yaşarken kıymet bilmek...

Kenter Tiyatrosu'nun salonunda biz de çok oynadık. Salonsuz tiyatroların sığınağı idi orası... Sık sık karşılaşırdık Müşfik abiyle. Hiç kulaklarımdan silinmiyor, biz seninle ikimiz bir ortaoyunu oynamalıyız, derdi; hep bunu söylerdi. Ama bir türlü kısmet olmadı. Allah rahmet eylesin, Türk tiyatrosunun duvarındaki taşlar birer ikişer dökülüyor. Duvarın kalanını da tiyatroları kapatarak siz yıkıyorsunuz. Türk tiyatrosunu yıkma gayreti içinde olanlar, bakarsınız yarın bir gün ben de ölürüm, sakın arkamdan konuşmayın, bir diyeceğiniz varsa yüzüme söyleyin.

Bir keresinde Sayın Yıldız Kenter'in evinin balkonunda toplanmıştık bu tür tiyatro sahipleri. Dönemin kültür bakanı Sayın Tınaz Titiz de vardı. O yıl özel tiyatrolara yardım dağılımında, şu anda koma derecesinde artık kimseyi tanımadan yatan Nejat Uygur ustaya, Kültür Bakanlığı kurulu yardım yapmama kararı almıştı. Hiç şüphesiz buna ilk karşı çıkanlardan biriydim. Nejat Uygur da balkondaki yerini aldı, ne kadar üzüldüğünü ifade etmeye çalışırken, gözünden yaşlar süzülüyordu. Tınaz Titiz, her şeyden önce önemli ve değerli bir insandır, dostluğumuz halen devam ediyor. Konuya hemen el koydu ve ek bir tahsisatla ödeme yapıldı Nejat Uygur'a. Henüz sağ Uygur; söyleyin bakalım ne yapıyorsunuz? Onun için Allah göstermesin öldüğünde, sekreterinizin hazırladığı metinleri mi okuyacaksınız ardından?

Çelik Palas

Bursa'da Çelik Palas'ı bilmeyen yoktur. Ben daha ilkokulda okurken öğretmen annem Bahriye Kırca tutardı elimden, Çelik Palas'a kaplıcaya getirirdi beni. Her yıl en az iki kere gelirim Çelik Palas'a.

Atatürk'ün emriyle 1935'te inşa edilmiş Çelik Palas. Bunca yıl sonra taş koridorları çiğneyerek termal havuzuna giderken sanki birdenbire bornozuyla Atatürk karşıma çıkacakmış gibi geliyor. Otelin bahçesinde Mustafa Kemal'in bir de köşkü var. Otelin sahibi Mustafa Kırcal, aslına sadık kalarak restore ettirip müze yapmış burasını, müzeyi gezerken bütünüyle kendimden geçtim. Her köşede ruhu yaşıyor. Eşkâli, elbiseleri, oturduğu koltuk, rakı içtiği masa, yattığı yatak.

Bir süre beni Ata'nın hayalleriyle baş başa bıraktılar, iyice yalnız olduğumdan emin olunca olup biteni bir bir anlattım Paşa'ya. Ben anlattım o sessizce dinledi. Şikâyetlerimi sundum kendisine, ses çıkarmadı, öylece dinledi. Adeta kendimden geçmişim. Sonra kalktım, sessizce terk ettim köşkü. Çay içtiği köşede çay bardağını gördüm, yanında da bir semaver. Semaver yeni, hatta elektrikli. Rahmetli annemin dedesinden kalma, mühürlü en az yüz elli yıllık antika bir Rus semaver var bende, dedim.

Annem de Atatürkçü bir öğretmendi. O semaveri, ben bu müzeye bağışlayayım, annemle Atatürk'ü bir araya getirelim. Otel sahibi Mustafa Bey kabul etti teklifimi, ben de kısa zaman içinde getirdim semaveri, koydum Atatürk'ün masasına. Şimdi Atatürk çayını annemin semaverinden içiyor. Çelik Palas Oteli hayatının en güzel günlerini yaşıyor çünkü o emin ellerde...

Mustafa Kırcal beni iki gün ağırlamakla kalmadı, aynı zamanda da dostum oldu. Hükümet tarafından ıssız bırakılıp, itelenip kakalandığım şu günlerde bana kendimi kral gibi hissettirdi. Bu yazıyı Çelik Palas'ın Kral Dairesi'nde kaleme aldım.

Bir başkadır benim memleketim

Sabah uyandığımızda canımı sıkacak bir olay yaşadım, sizinle paylaşıyorum. İki sene kadar önce, bir arkadaşım telefon açtı. "Annemin evine haciz geldi, kapıyı kırıp içeri girmek istiyorlar, ne olur gelsene, beni yalnız bırakma," dedi. Konunun benimle hiçbir alakası olmamasına rağmen, kalktım gittim. Arkadaşımın annesinin evinin önünde polisler, icra avukatı, çilingir içeri girmeye çalışıyor. Borç annesinin borcu değil, bir akrabanın borcunu annesinden tahsil etmeye çalışıyorlar (sonuçta icra ile kaldırdıkları malları özür dileyerek ertesi gün getirip tekrar yerlerine koydular).

Çocukluğumdan bu yana "haciz" dediğinizde tüylerim dikelir. Babam İsviçre'de yaşardı. Öğretmen olan annemin evine sık sık haciz dayanırdı. Böyle bir gençlik dönemi yaşadım.

Nitekim yakın bir gelecekte yasayla bağlanacak ve vatandaş haczedilemeyecek. Çünkü zaten, o vatandaşın evinden kaldıracağınız koltuk, kanepe, yatak, televizyon, buzdolabı gibi eşyalar telef olup yok pahasına satılıyor. Hem borç kapanmıyor hem vatandaşın çoluğu çocuğu ciddi zarar görüyor bu işten.

Aynı zararı ben de görmüştüm. Hacizdi, icraydı denilince, elim ayağıma dolaşır hep. Neyse, kapının önünde icra avukatına yapma, etme dediysek de dinletemedik. Avukat bana "artistlik yapma" filan gibi laflar etti. Doktor olunca "doktorluk yapma" ya da mühendise "mühendislik yapma" demezler de, artist olunca, ne hikmetse "artistlik yapma" oluyor. Arkadaşımın dayısı da orada... O da benim gibi ricalarda bulunuyor ama avukat ters, lafı tersinden alıyor sinirleniyor... Bana görevimi yaptırmıyorsunuz, diyor.

Ben, ne halin varsa gör, deyip bahçeye geçtim polislerle şakalaşıyorum, hatta bahçede kurulu salıncakta polislerden biri beni sallıyor diğeri resimlerimizi çekiyor.

Avukat, herhalde götürdüğü eşyaları tekrar geri getirmesinin moral bozukluğuyla olacak, beni ve arkadaşımın dayısını mahkemeye vermiş, "bana görevimi yaptırmadılar beni engellediler" diye. Ben avukata "Gel seni öpeyim de tatlıya bağlayalım şu işi," demiştim. Şikâyet dilekçesinde "Kırca beni zorla öpmeye çalıştı," diyor... Derken kendimizi duruşmada bulduk. Beni salıncakta sallayan polisler de avukattan yana şahit olmuşlar. Hâkim soruyor: "Kırca avukatı öpmeye çalıştı mı?"

"Evet, diyor polisler."

"Peki, öptü mü?"

"Hayır öpemedi."

"Neden?"

"Avukat öptürmedi."

"Peki sonra?"

"Kırca tutturdu öpeceğim, diye..."

"Yani bu öpüşme olayı gerçekleşmedi."

"Hayır, efendim."

Yargıç bana soruyor: "Levent Kırca, avukatı öpmeye çalıştınız mı?"

"Evet efendim."

"Neden öpmek istediniz?"

"Efendim, öpüşelim, konuyu tatlıya bağlayalım dedim. Avukat da öptürmem diye tutturdu, ben de vazgeçtim, öpmedim kendisini."

Davanın adı o andan itibaren "öpücük davası" oldu çıktı. Benimle ilgisi olmayan bu dava, sürdü gitti. Nihayet sonlanmış, Ayvalık'taki o muhteşem gecenin sabahı "öpücük davası"nı kaybettiğimi öğrendim. Ne var ki, biz de derhal temyiz mahkemesine gittik.

Her gün onlarca şehit verirken ve pek çok gazete bunu yazmazken, olaya kaza süsü verilmeye çalışılırken, ister misin bizim "öpücük" davası, ülke gündemini sallayıp, ön saflarda yer alsın?

Kısaca siz okurlarımla paylaşmak, hatta dertleşmek istedim. Aman siz siz olun, ne maksatla olursa olsun, kimseyi öpmeye kalkmayın. Yoksa sonunda öpülen siz olursunuz. Yahu ne matrak ülke, bir şekilde karakola düşerseniz, polis işin içinden çıkamaz, size "hadi, öpüşüp barışın" der. Aman ha, tamam isterseniz barışın ama sakın öpüşmeyin. Ne öpülen siz olun ne de sizi öpmelerine müsaade edin...

Televizyon dizileri sizi uyutuyor

Bir hikâyenin ana fikrini yok ederseniz, mesajını silerseniz, geriye sadece "saman yığını" hatta "küspe" kalır. Önce itiraz edecek gibi olursunuz, bu itirazı geciktirirseniz eğer, alışırsınız. Önce beğenmeden izlediğiniz bu küspeleri giderek beğenir hale gelirsiniz. İtiraz etmeyi başaramazsanız, karşınıza yeni bir alternatif koymazlar. Buna biz kaba tabiriyle "Uyuma-uyutulma" diyoruz.

Açıkçası televizyonlar bizi uyutuyor. Güzel kızlar ve oğlanlar, zengin, şık mekânlar... Sadece, kız ne güzeldi ya da ulan oğlan amma da yakışıklıydı, izlediğimiz dizi ve filmler.

Arkadaşlar!! Televizyonların karşısında uyutulmayı reddedin. Hepsi birbirinin devamı gibi...

Hesapta vakit öldürüyorsunuz. Öldürdüğünüz kendi vaktiniz. Ömrünüzden çalıyorsunuz. Kapatın televizyonları, dışarı çıkın. Temiz havada yürüyün, sohbet edin bir dostla. Doğru yazan gazeteleri, yeni çıkan kitapları okuyun. Başarısından ötürü telefonunu bulup kutlayın, birini mutlu edin. Doğayla ilgilenin. Çiçeklerle, böceklerle dost olun. Vaktinizin çoğunu açık havada geçirin. Etrafınızda olup bitenleri anlamaya çalışın. Sadece siz yaşamıyorsunuz bu dünyada. Bir tas su koyun bir köşeye köpekler için. Ekmek doğrayın oraya buraya yesin kediler. Yerdeki izmaritleri toplayıp çöpe atın. Kendinizi ve çevrenizi dinleyin. Aklınıza mukayyet olun. Unutmayın ki binlerce insan hapishaneleri sizin özgürlüğünüz için doldurmuş durumda. Bedel ödüyorlar. Zamanınızı televizyon karşısında uyuyarak geçirmeyin. Açın artık gözünüzü ve de pencerenizi, olan bitene kulak kabartın, ne olur.

İşçi Partisi

Önümüzdeki günlerde törenle İşçi Partisi'ne üye olacağım. Bu beni çok sevindiriyor. İnandığım, güvendiğim insanlarla omuz omuza çalışacağım. Artık bana ne görev verirlerse başım üstüne. Kalbi Atatürk için çarpanların yanında olacağım. Birlikte koruyacağız Cumhuriyeti. İnanıyorum ki bugün İşçi Partisi'nde toplanıp birleşme günüdür. Yani bugün o gündür.

Yıktın ülkeyi eyledin viran, varayım haber vereyim sahib-i halka hemman!

Madonna geldi ya, millet koşa koşa gidip bilmem kaç bin kişilik stadı doldurdu. Ayranımız yok içmeye, tahtırevanla gittik Madonna'ya. Madonna hopladı, zıpladı, danslar yaptı. Açtı memesini de gösterdi, kaptı paraları naşladı. Stadı dolduran halk saatlerce bekledi Madonna çıksın diye. Sıcak da bir geceydi. Konser pek beğenilmedi ama "Dün gece Madonna'daydık" durumu, anlarsınız ya! Herkes parasıyla rezil oldu konser bitiminde, kalabalık bir türlü dağılamadı, trafik yüzünden evlerine sabaha karşı zor vardı insanlar.

Ertesi gün, "Dün gece Madonna'daydık," dediler. "Bir daha Madonna'ya gidersek..." diyemediler. Üstelik aldatılmışlardı. Madonna tek memesini göstermişti bunlara, oysa onun iki memesi vardı ve birini esirgemişti bizimkilerden. Muhtemelen gördükleri de bir silikon parçasından ibaretti. Belki de Madonna da kendisi değil şişme bir bebekti.

Onca sorunu varken ülkenin; ayaklar altında bir Atatürk Cumhuriyeti gitti gider, ordu hapiste, aydınlar-yazarlar hücrelerinde bol bol kitap yazarlar... Grevler yasak, üniversiteler gazeteler zapt-ı rapt altında... Gazete yazmıyor, televizyon söylemiyor, okullar imam hatip olmuş, imamlar baş tacı... Mollalar arz-ı endam ediyor, tiyatrolar kapatılmış, sanat stop.

Ama durum "Dün gece Madonna'daydık" durumu.

Madonna çuvalı sırtlayıp gittikten sonra Ajda Pekkan Madonna'ya özenmesin mi? Özensin! BOP Eşbaşkanımızın açılamayan açılımlarını destekleyen Ajda, Madonna'lığa soyundu.

Millet "dün gece Ajda'daydık" diyebilmek için koştu yetmiş küsur yaşındaki Ajda'ya. Ajda, dansçıları bellerinden çelik tellerle astırmıştı. Dansçılar da olduk olmadık havalandılar konserde, sanırsın panayır yeri. Ajda da kendini amele sanıp çıkmasın mı vincin kepçesine... Şarkıları kepçeden okumasın mı? Okusun... Okudu da zaten. Kepçenin de paslı demirini alüminyum mutfak folyosuyla kapatmışlardı.

Neler olabilirdi?

Kepçe bozulur, Ajda havada kalır. Bozulan kepçedeki Ajda'yı indirmek için itfaiye çağrılır. Ajda itfaiye merdivenlerinden tıpkı Aziz Nesin gibi sürüklenerek indirilir.

Konser bitiminde Ajda yukarıda kepçede unutulur. Ertesi gün çöpçüler tarafından bulunur.

Ajda vinci çok sevmiştir. Gece evine vincin kepçesinde döner ve evine bacasından girer.

Ajda vinci binek otosu yapmıştır, İstanbul'da vinciyle dolaşır. Her halükârda mutlu son...

"Olacak O Kadar" programı yasaklanmamış olacaktı da, size bu rezaleti bir güzel oynayacaktım. Nerde o günler...

Ortalık başıboş gezen köpeklerle dolu

Sen kendini köşe yazarı sanıyorsun. İşin kötüsü köşe yazarı gücünü kötüye kullanmaz. Kendisi için, kendi çıkarları için yazmaz köşe yazarı. İnsanları, çevresini, ülkesini düşünür. Haksızlıkların, ezenlerin üzerine yürür. Ezikten, ezilenden, hürriyet ve demokrasiden, barıştan yanadır; zayıfı korur. Görevinin muhalefet olduğunu iyi bilir. Genel kültürlü, halkçı ve hakçıdır.

Tekrar ediyorum gücünü kendi lehine kullanmaz. Satmaz köşesini ve de şahsiyetini. Ama ne yazık ki sen öyle değilsin. Sen, bu yazdıklarımın tam tersisin, kendi çıkarların için yandaşı olduklarının adına kullanıyorsun köşeni ve de kalemini; kendi lehine paraya tahvil ediyorsun köşeni, efendilerin, patronların, yandaşı olduğun hükümetin dilisin. Üstelik bunu inanarak da yapmıyorsun. Sırf çıkar adına... Sana ne derler biliyor musun; dört ayaklı! Evet "sahibinin sesi" derler sana, gel biz de bu yazımızda sana kısaca fino ya da bobi diyelim.

Finocuğum, keşke köşe yazarlarına da doktorlar gibi söz verdirip yemin ettirseler... Ama bence sen o sözü de yerdin. Patronların Amerika'nın sözünden çıkmazlar. Sen de efendilerinin sözünden çıkmadığın için, Amerikan'cısın. Amerika'nın, çıkarları adına dünyayı karıştırdığını bal gibi görüyorsun. Hatta aynı sömürüye sen de göz yumuyorsun, destekliyorsun. Bütün yandaşlar gibi Atatürk düşmanısın. Fırsat buldukça da sövüyorsun Atatürk'e.

Ah finocuğum ah... Ben seni oynadığım zaman televizyonda, ertesi günü beni arayıp yıkayıp yağlamıştın ama içinden nefret kusuyordun. Henüz sermaye çevresinin finosu değildin ama ben senin günün birinde layıkıyla fino olacağını görmüştüm. En azından beni yanıltmadın. Önceleri bu görevini *Hürriyet*'te sürdürürken, sonra başka bir efendiye transfer oldun. Köpekler öyledir önlerine yemi kim korsa onu sahiplenirler.

Hatırlar mısın, "Olacak O Kadar"ın en parlak yıllarında henüz sen daha ilk sahibinin sesiydin, "Olacak O Kadar" programının bir bölümünde Bakan Işılay Saygın genç kızlara bakirelik testleri yapılmasını istiyordu. Biz de karşı çıkmış, bu duruma isyan etmiş ve şimdi kimsenin hatırlayamadığı bu kadını programımızda ti'ye almıştık. İşte o skecimiz yüzünden sistemin çarkları dönmeye başlamış, sansür devreye girmiş, hükümet maşası "RTÜK" Kanal D ekranını bir geceliğine karatmıştı. Biz de bu karanlığa karşı çıkıp, her hafta dünyaları kazandığımız programımızı bir yıl kadar yayından çekmiştik. Hatta ben olayı açlık grevine kadar taşımıştım. Çok büyük yankı uyandırmıştı, Meclis afallayıp kalmıştı. Sen henüz yeni finolaşmıştın, bize ilk havlayan sen oldun. Reytinglerde bir numara olmamıza karşın; gündemin başköşesine oturmamıza rağmen; benim bunu gündeme gelmek adına yaptığımı yazdın; yesinler seni diyerekten... O üslubunla utanmadan sistemin köpekliğini yaparak boynundaki tasmanın ipinin müsaade ettiği oranda hav hav ya da hev hev, her ne ise çemkirdin bize, hırladın. Oysa sana kimse "TUT" bile dememişti. Sen bunu içgüdünle yaptın.

O zaman hükümetler henüz bu kadar Atatürk düşmanı değildiler, hatta ağızlarından olumlu anlamda Atatürk'ü düşürmezlerdi. Sen de zaten henüz eniktin. Hapishaneler yurtseverler aydınlarla dolu değildi, Paşalar özgürdü, Atatürk'e söz söyleyenin, dil uzatanın ağzına biber sürülürdü... Sen bile şimdiki gibi rahat küfredemezdin Ata'ya. Şimdi Ata'ya sövmek, dönekliğin andı oldu.

Benim de kendime ait köşem yoktu sana cevap verecek. Hevlemelerine kulak asmadım; it ürür ben yürürüm, diye düşündüm. Zaman senin ve senin gibi dört ayaklıların lehine aktı gitti, su gibi... Ve senin gibiler palazlanırken Türkiye bu hale geldi.

İşin kötüsü sadece biz değil, Türk halkı da gördü tanıdı senin gibi finoları. Siz de toplumdan soyutlandınız; köşelerinize ve efendilerinizin sizi bağladığı kulübelere hapsoldunuz. Değil halkın içine çıkmak gözüne bile bakacak yüzünüz yok.

Yatlar uçaklar şunlar bunlar. Artık efendilerinin sofrasına da oturuyorsun belli ki... El pençe divan duruyorsun duvar diplerinde, zaman zaman görüyorum. Aman itaatinden geri kalma da salıvermesinler seni sokağa...

Ve ikinci yazın bana... Hülya Avşar cahilinden jüri başkanı olmaz dedim diye. Gene başladın havlamaya... Ulur gibi; dedin ki benim için: "Gene gündeme gelmeye çalışıyor çünkü eskidi modası geçti." İnsan niye gündeme gelmek ister ki? Hatırlanmak için, bana iş versinler dizilerde, reklamlarda oynayabileyim, açıkçası para kazanayım, diye. Daha da netleştireyim "para" öyle değil mi? Hani şu senin tasına konulandan...

Bak canım, bak finocuğum, kuçu kuçum benim, bundan bir ay önce TIMS gibi baba bir firmayla (hani şu "Muhteşem Yüzyıl" dizisinin yapımcıları) bir sözleşme imzaladım. Bölüm başına kırk milyar alacağım. Eksik olmasınlar, avansımı da bankaya yatırdılar. Ne var ki çekim programları açıklanınca, tiyatro oyunum "Azınlık"ın turnesini aksatacağı için bu büyük firmadan, affımı rica ettim. Lütfedip kabul ettiler. Avanslarını iade edip turneye çıktım. Üç bin kişilik amfiteatrlarda beş-yedi bin kişiye oynuyorum.

Bu projeden az daha önce; Fox'ta her gün yayınlanan; değerli dostum Salih Kalyon'un oynadığı "Canım Benim" adlı diziye de hayır demiştim. O da haftada kırk milyardı. Her iki firma da sözlerimi doğrulayacaktır. Ben bundan çok önce, "Süleyman Demirel" başbakan iken tiyatroma destek amaçlı ciddi bir para önermişti bana, trilyonlarla ifade edilebilecek bir rakam. Tabii, lütfetmiş, kendimi iyi hissettirmişti bana. Eksik olmasın, büyük sanatseverdi. Bu parayı almadım. Yıllar sonra kendisi açıkladı almadığımı.

Gündeme gelmekten söz ediyorsun. İnsan ülkesinin sorunlarına sahip çıkarak, ille de Atatürkçü olarak, hapis yatan yurtsever aydınların acısını, TSK'nın şerefli paşalarının yangınını yüreğinde hissederek gündeme gelmez. Kodese gider, işinden kovulur aşından olur, gider gene de şahsiyetini, onurunu satmaz. Sen efendilerine söyle de sana "tut"tan daha fazla kelime öğretsinler.

"Azınlık"la turnedeyim. Politik bir oyun. "Diyeceğimi diyorum." Bizi susturursa biz illa ki konuşacak bir yer buluruz. İlla ki konuşmalarımız, "dünya görüşü" doğrultusunda çoğunluğun menfaatinedir. Ben sahnede AKP'yi eleştirdiğim kadar CHP'yi de eleştiriyorum.

AKP'ye Marmaris teşkilatı "Azınlık" oyunu hakkında soruşturma başlattı. Neymiş, AKP'ye hakaret varmış, müstehcenmiş, 18+ ibaresi bulunmalıymış... Hani senin yaşadığın bahçenin kapısında "Dikkat köpek var," diye yazıyor ya... Yalancı... Bunlar da senin kadar yalancı; anladın mı finocuğum? Sence bu mu oluyor gündeme gelmek?

Gazeteci dostlar, "Gerçekçiler" hapishanelerde çürütülüyor, neden görmezden geliyorsun? Oğlum sizin işiniz havlamak, sen gene bana havla, boş ver ben senin de kendimin de ne olduğunu iyi biliyorum. Sen şimdi bu yazıyı da üzerine almaz görmezden gelirsin. Sana da bu yakışır. Sen de dahil herkes anladı ne demek istediğimi...

Hayran olduğum, dürüst adam Doğu Perinçek sistem hakkında ve senin gibi çalar saat kuşları için bak ne yazmış... Ders niteliğinde önemli bir yazı... Ben kestim çerçeveleyip duvarıma astım. Tekrarında yarar gördüğüm için, bu güzel olduğu kadar "önemli" yazıyı köşeme aldım yineliyorum. Doğu Perinçek'e teşekkürler ve saygılarımla. Lütfedip okuyun da yazı nasıl yazılır görün. Kendi yazdığım kısma "tamamen hayal ürünüdür" diyerek sizi Perinçek'le baş başa bırakıyorum...

Çalar saat kuşları

Çalar saatlerin kuşları vardır ya, zamanları gelince kapakları açılır guguk guguk diye öterler ve sonra kafeslerine dönerler. Kaç kez ötecekleri de kurgulanmıştır.

Bir cepheden bakarsanız, kuş bir hizmet yapıyor, günün belirli saatlerinde guguk guguk diyerek bize saati bildiriyor.

Efendilerimizin saatini!

Ayarlanmış olan saati!

Kurgulanmış olan saati!

Greenwich miydi, hangi karın ağrısıydı, o saati!

İzninizle bir başka cepheden de bakabiliriz. Çalar saatin kuşu, yapımcısı tarafından kuşa benzetilmiştir ama havada uçan turna katarına, dallara konan serçelere, hele dağların doruklarında kanat çırpan kartallara hiç benzemez.

Levent Kırca'nın incitmeyin dediği ölçüler

Temsili bırakıp, hayatın kendisine bakalım.

Levent Kırca, devrimci aydın tavrıyla Antalya Altın Portakal jürisinin başkanında olması gereken ölçüleri belirtti. "Bu ölçülere kıymayın, incitmeyin," dedi.

Jüri Başkanı, sistemin değerler sıralamasına göre belirlenmişti.

Türkiye'de bunları söyleyecek adamlar gerekli. Devrimci aydın da budur zaten. İtirazınız var mı?

Bir zamanlar kartaldı

Ama bir de sistemin saati var, tik tak tik tak diye gidiyor (Boyu devrülsün de, cenaze namazı gılınmaya inşallah!).

Levent Kırca, hakikati söyleyince, çalar saatin küçük kapısı açılıyor ve kuşlar içinden çıkıyor. Guguk guguk diyor ve kafeslerine dönüyorlar. Ertuğrul Özkök'e çalar saat görevi hep yakışmıştır.

Ama bu satırları, asıl Tunca Arslan'a armağan ediyorum.

Devrimci bir aydındı, sistemin değerlerine esir değildi, sorgulardı, yargılardı, sistemin sunduğu ufak tefek veya iri miri nimetleri kartallar gibi yukardan süzerdi. Bir zamanlar kartaldı!

Aydın, devrimciliği bırakınca çalar saat kuşu oluyor. Artık "refleksleri", kartalın özgür kanat çırpışları ve süzülüşleri değildir; sistemin "refleksleri"dir. (Refleks sözcüğünü hayatımda hiç kullanmamıştım; buraya yakıştı.)

Kartal ruhunuzu öldürür ve çalar saatin içine girerseniz, hiçbir "sıkıntınız" kalmaz. Tunca Arslan gibi "sıkıntısız" yaşarsınız.

Neyin "temsiliyeti" arkadaş!

Saat tik tak tik tak işlerken, filmin tekerleği tıkır tıkır uyumlu dönecekken, Levent Kırca çıkıyor ve millete hakikati söylüyor. Bu ülkenin hâlâ dağları ve kartalları var!

Bir de çalar saat kuşlarının guguklarına bakınız. "Antalya Jüri Başkanı, temsiliyet açısından pek isabetli seçilmiş" imiş!

Doğru, Tayyip Erdoğan da temsiliyet açısından BOP Eşbaşkanlığını değil, protokole göre Türkiye Cumhuriyeti'ni temsil ediyor.

"Temsiliyet bozulmamalı," değil mi, üç kez guguk guguk guguk!

Bütün temsiliyetçilerin, teslimiyetçi olduğunu bir kez daha öğreniyoruz!

Onların Demir Kazığı: Hollywood yıldızı

Antalya Portakal Jürisi Başkanı'nın "Batı dünyasının yıldızlarından hiçbir eksiği yoğ" imiş.

El hak doğru! Bu kez çalar saat Atlantik saat ayarına göre, holivut holivut diye ötüyor.

"Kaldı ki jüride 12-13 üye daha var" imiş.

Hep aynı guguklar!

Ama zinhar, kurulu saatin ayarı dışında ses çıkarmayacaksın, hele Levent Kırca gibi gürlemeyeceksin! Gözlerini açıp, zamanı gelince saatin içinden fırlayıp, guguk guguk guguk diye ötüp kafesine geri döneceksin!

Ahlak ve vicdan çalar saatte oluşabilir mi?

Tabii burada bir felsefe sorunu da var:

Çalar saatin içinde ahlak ve vicdan oluşabiliyor ve korunabiliyor mu?

Vicdan, her zaman saatin dışındadır! Çünkü kurulamaz ve ayarlanamaz.

"Hakikat işçisinin" sesi zaman kadar solukludur

Geçende Seyyit Nezir, "hakikat işçiliği" diye gönülleri dalgalandıran bir kavram kullandı.

Erdemler, kan ter içinde "hakikat işçiliğiyle" kazanılıyor.

Bir toplumu ayakta tutan, çarkı döndüren, sanıldığı gibi çalar saat kuşları değil, fakat hakikat işçileridir.

Zaman, çalar saat kuşlarının mekânı değil, fakat "hakikat işçilerinin" işliğidir!

Çalar saat durunca iş durmaz!

Ama iş duracak olsa, zaman durur.

Çünkü iş yoksa artık zaman da yoktur.

Zamanla yarışan yalnızca iştir; hakikattir!

Hiçbir çalar saat, içindeki kuşlar sayesinde zamanı yenememiştir.

O kuşların gugukları da, o saatin takati kadardır; saat durunca, onların da gugukları kesilir.

Ama hakikatin sesi!

O ses, zaman kadar solukludur.

Çünkü zaman, hakikatin mekânıdır!

Zaman akıp gidiyorsa, hakikat o zamanın içinde her zaman başı dik olan biricik varlıktır; vesselam! (Fikret Otyam ağabeyime ve Filiz'e bâki selam.)

Sinan Çetin

Ben bu adamı, çocukken Ankara'da tanıdım; devrimci ve Atatürkçü'ydü. Beş kuruşu da yoktu. Mahalle arasında düğün fotoğrafçısıydı. Yükselmek istiyordu ama nasıl... Bunların arasında en önce ben şöhret oldum. O gün de devrimciydim, bugün de öyleyim. Benden gayrısı değişti.

Bir film çekmiş, *Çanakkale Çocukları* diyor ama inanmayın, kendi çocukları... Karısını ve çocuklarını oynatmış, tabii onlar da oynayamamış... Filmi evinin arka bahçesinde çekmiş, inanılmaz bir müsamere. Cumhuriyet düşmanı, Atatürk düşmanlığı yapan bir film... "O", seyirciye oynuyor. Hatta seanslar iptal ediliyormuş. Bir gittim, seyredeyim istedim. Salondaki tek seyirciydim, on dakika zor tahammül ettim ve çıktım. Yazmak, yazabilmek için tekrar seyrettim, altmış iki yaşındayım, ilk kez "yuh" çekme hakkımı kullanmak istiyorum. O da Sinan'a ve bu filme olsun. "Yuh!" diyorum, hepsi bu...

Ne olur biraz filmi özetleyeyim size...

Sinan'ın gerçek hayattaki oyuncu olmayan karısı, Sinan'ın gerçek hayattaki oğlunun da annesidir. Anne, Sinan'ın gerçek hayattaki evinin arka bahçesinde, aşırı botokslu haliyle oturmaktadır. Çocukların biri İngiliz, biri de Türk'tür. Aralarında tartışmak isterler fakat tartışamazlar, çünkü oyunculukları ve diksiyonları mani olur kendilerine. Hava bulutlu, yağdı yağacak. Ne var ki, İngiliz kadın havayı dikkate almaz. Sadece çarşaflardan oluşan çamaşırlarını yıkamış, yağmura rağmen bahçeye asmıştır. Üç kişilik bir aile olmalarına karşın, kirli çamaşırların otuz kadar çarşaf olması ve yağmurlu havada nasıl kuruyacağı, bir muammadır. Baba, Haluk Bilginer, onlara ve otuz kadar çarşafın olduğu boşluğa arkası dönük bir şekilde ve ekşimiş bir suratla on beş dakika kadar bakar. Yağmur başlar...

    Hiçbiri yağmurdan kaçıp eve sığınma gereği duymazlar. Kostümlerin ve makyajların boyaları yağmura karışıp akmaktadır. Anne, tastaki yeşil elmalardan birini oğulları için yağmurun altında soymak ister. İngiliz'dir, ayrıca kabiliyetsiz olduğu için elmayı soyamaz, elini keser. Elindeki kan, bir sahnede akar, bir sahnede akmaz, çünkü filmde devamlılık yoktur. Birden, bahçede asılı otuz beyaz çarşafın kırmızı, hatta bordo olduğunu görürüz. Film, o andan itibaren bir zombi filmi halini alır. Çanakkale'de ölen İngiliz, Türk, her milletten ölüler birer ikişer çarşafların arasından gelirler. Bu sahnede Atatürk ve Çanakkale şehitlerinin küçümsendiği apaçık ortaya çıkar. Ölülerden biri olan Yavuz Bingöl bir iskemleye oturur, Çanakkale Savaşı'nı anlatır.

    Sinan arka bahçesine, bahçede çektiği anlaşılmasın diye bol sis basmıştır. Dumanların arasında birkaç asker birbirini süngüler ve bu görüntüler Yavuz Bingöl'ün anlatımının arasına serpilir. Sinan bu filmden ötürü beş milyon dolar içeri girer; ama olsun, bu parayı bir topluluk ödeyeceği için, o kadar da önemli değildir.

    İngiliz kadın ve oğlu, oyunculuğu öğrenemeden film biter. Yağmur kesilmez, filmden umut kesilir.

–SON–

Ağlamak yok gülmek var dimdik durmak var gün o gündür

Yeni doğmuşsun farkında değilsin. Hesapta etrafına bakıyorsun bir şey anlamadan. Daha doğmadan, çocuğumuzun geleceği, diyorlar. Ebeveynler bebek için her şeyin iyisini hazırlamaya çalışıyorlar. Odası boyanıyor, erkekse farklı, kızsa farklı renkler. Oyuncaklar, giysiler... Daha çok anne bakacak, besleyecek. Ara sıra baba kucaklayacak, agu'cuk diyecek. Bakım konusunda aile büyüklerinden destek alınacak, bir kadın hizmetçi tutulacak, belki iki; eve bakan ayrı, çocuğa bakan ayrı. Belki bir dadı, hani mürebbiye de deniliyor... Doğru beslenecek, doktor kontrolleri... Bebek yaşta lisan öğrenmesi için yanında sürekli İngilizce, ne bileyim, Fransızca bilen dadılar olacak... Falan filan...

Benim tanık olduğum böyle çok aile var. Çocuk Türkçeyi sökmeden Fransızca konuştu. Misafirlerin yanında annesiyle Fransızca görüşen bebek yaşta bir çocuk... Ne züppelik yarabbi... Sen ortada b.k gibi kalmışken, Fransız olmuş çocuğun annesi de kendini bir b.k zannediyor, hatta çocuk da kendisinin bir b.k olduğunu düşünüyor. Tanık olduğum başka gerçekler de var. Bu çocuklar büyüdüklerinde kompleksli oluyorlar, çevredeki diğer çocukları yargılıyorlar, kendilerinin özel olduğunu düşündükleri için yalnızlığa itiliyorlar.

Çocuğu çeşitli açılardan beslerken, onu aşılar vasıtasıyla mikroplarla tanıştırıyorsun. Biliyorsun ki bu aşılar olmasa, sonradan karşılaşacağı her mikrop onu öldürür. Peki, çocuğunu öğrenmesi gereken diğer önemli mikroplar konusunda, uyarıyor musun?

Örneğin senin Cumhuriyet düşmanı olduğunu... Atatürk'e

karşı çıktığını... Menfaatlerin uğruna hükümetin yandaşı olduğunu söylüyor musun? Bazı mikropların onu özgürlüğünden edeceğini düşüncesi yüzünden suçsuz yere hapis yatabileceğini söylüyor musun?

İlimle, irfanla sahtekârlık bir arada olabilir mi? Bilgi gericiliği reddetmez mi? Diyalektik felsefeyle metafizik yan yana durur mu? Dinini öğretirken; komşun açken sen tok olma mı diyeceksin, yoksa boş ver komşunu mu? Ya da herkesin kendi sınıfına göre mahallesi ve komşusu mu olacak? Nasıl soyutlayacaksın ülke genelinin cehaletinden çocuğunu? Bu sınıflar hiç mi yan yana, karşı karşıya gelmeyecekler? Yoksa senin çocuğun patron olacak da öteki de onun fabrikasında işçi mi? İşçi üretecek; senin oğlun, sen ve sizin sınıfınız bu sömürüye ortak olacaksınız... Yani halk dediğimiz kalabalık ortalarda savrulurken, sizler görmezden gelip, tecrit edilmiş bir hayat yaşayacaksınız... Kendi sınıfınızın insanlarıyla halksız bir yaşam...

Bir salgın hastalık ona buna bulaşırken, senin çocuğunu es mi geçecek? Bir halk ayaklanması, işçi isyanı olsa size dokunulmayacak mı sanıyorsunuz? Yanınızda çalışan, sömürdüğünüz, grev hakkını elinden aldığınız insanlar bir gün topluca kapınıza dikilse ve "Açız" diye bağırsa, sen de onlara, "pasta yiyin" mi diyeceksin?

Ben bebekken, başparmağım ağzımda, etrafa salak salak bakarken, öğretmen annem ve ressam babam gözümün içine, acaba önce anne mi baba mı diyecek, diye bakarken; ağzımdaki mamayı püskürtüp, Atatürk, demişim...

Yalan, vallahi yalan, hem de tumturaklı... Keşke öyle olsaydı ama ne mümkün... Biraz kendimi bulduğumda bana "Aman oğlum sakın yalan konuşma, yalan kötü bir şeydir," dediler. Doğruyu konuşmak, doğru ve dürüst olmak için çok önemlidir. Biraz daha kendimi bulduğumda, baktım ki bana "Aman yalan söyleme," diyen annem babam söylüyor yalan...

Sinemaya gidecekler, süslenmiş-püslenmişler... Ben de geleyim, diyorum. Yok, biz doktora gideceğiz, diyorlar. Ya doktora gidiyorlar; ya biri ölüyor, taziyeye. Yalanlarını yakaladığım zaman da, bunlar ufak tefek yalanlar, mubahtır, diyorlar. Pembe yalan bunlar, diyorlar...

Yalanın küçüğü büyüğü olmaz arkadaş... Pembesi moru da olmaz... Yalan, yalandır. Ve neredeyse dünya yalan üzerine kurulmuş. Azıcık başımı kaldırıp büyüdüğümde, yalan yakalamaktan yorgun düşüyorum. Özellikle sermaye çevresi, politikacılar... İşçinin, köylünün, emekçinin, yani kaybedecekleri şeyi olmayanların dışında herkes yalancı... Bu öyle bir hastalık ki; yaşamını yalan üzerine kurunca, öyle de devam ediyor. Ama yalan, gerçekleri örtemiyor. Bilimin gerçeğiyle yalan yan yana duramıyor. Ve hakikaten yalancının mumu yatsıya kadar yanıyor, çünkü gerçek illa ki bir şekilde çıkıyor ortaya.

Oysa gerçeği söylemek, yalan söylememek çok daha kolay. Doğruyu hatırlamak da daha kolay... Yalan söyleyip de akılda tutmak zor. Yalanın ortaya çıktığında düştüğün durumu düşün bir de... Peki, doğru söylemenin sana getirdiği/sağladığı güvenilirliğe ne demeli? Doğru söylemenin tadını bir alsanız, bir daha vazgeçemezsiniz. Siz yalan söylerken, çocuğunuzdan doğru söylemesini nasıl isteyebilirsiniz ki?

Ona istediğiniz kadar Fransızca öğretin, gerçeği, doğruyu öğretemiyorsanız eğer, hayata karşı hep Fransız kalacaktır...

Bir kadın kahraman var sırada...

Gülşah Balbay... Mustafa Balbay'ı tanıyorum. O ve diğerleri benim kahramanlarım. Kanımın son damlasına kadar yanlarındayım. Hatta "Azınlık" oyununda çokça söz ediyorum onlardan. Bir duruşmada, Tuncay Özkan'la kızını, Mustafa Balbay'la anasını anlatıyorum ve oynuyorum. Nasıl olduysa Gülşah Balbay'ı fark edememişim. Kendisiyle yapılan bir gazete röportajında tanıdım bu kahraman Türk kadınını. Duruşuna ve cesaretine hayran kaldım. Örnek bir insan, mükemmel bir eş, cesur bir anne...

Ziyaret esnasında cesaret vermek için, güzel kıyafetler giyinip, biraz makyaj yapıp çıkıyor karşısına Balbay'ın... Dimdik ayaktayız, diyorlar birbirlerine. Ziyaret süresi kısa, bazen tasarladıklarını söyleyemeden geçiveriyor zaman. Hasretle bakışarak geçiriyorlar o vakti. Nadir de olsa birbirlerine sarılıyorlar ve el ele tutuşuyorlar. Gülşah için en zoru, ziyaret saati bittiğinde Mustafa'sını hücreye yollamak...

Mustafa'nın bir torba kirlisiyle dönüyor eve, çocuklarını kucaklıyor, babalarının kokusunu taşıyor yavrularına. Hemen yıkamıyor kirlileri çünkü Mustafa'nın kokusunu taşıyor onlar. Koku eve yayılınca, sanki Mustafa da evdeymiş gibi geliyor Gülşah'a...

Mustafa Balbay'ı bekleyen sadece karısı ve çocukları değil... Hemen kapı önünde, her an gelecekmiş gibi onu bekleyen bir çift terlik var.

Sevgili Gülşah kardeşim; çok iyi biliyorum ki, yakın bir gelecekte kapı çalacak ve Mustafa o terlikleri bir daha çıkarmamacasına giyecek...

Onlar içeride, biz dışarıda tutsağız...

Metin Akpınar

Röportaj vermiş... *Sözcü*' ye... Ama tam olarak ne dediği belli değil. Aslında demediği daha belli. Yani bir şey demek istememiş. Metin iyi bir aktördür. Aynı zamanda da işadamı. İşini bilir yani. Bu kötü mü? Yo, iyi. Malum iş bilenin, kılıç kuşananın.

Bugün hangi işadamını işinden başka bir şey alakadar eder ki? Yaygın bir söz vardır: "İşimize bakalım." İşine baktığın sürece memlekette olup bitenlere uzaktan bakarsın. Hatta bakmazsın. Görmezsin. İşine gelmez. Röportaj, *Sözcü* gazetesinde olunca, ağzından laf almaya çalışmış muhabir arkadaş. O da "pışık" yapmış. "Ötmem kızım," demiş pişkince.

O da haklı, niye taksın ki maliyecileri peşine? "Bir ara"... "Bir zamanlar"... diyor. Dağda 650 terörist vardı. Devlet gider dağa, bu işi kökünden hallederdi, diyor. Bugün artık çok geç, diyor. Bu sene kötü geçti, seneye daha kötü olacak, diyor. Biz hafızasızlar da iyi bir şey söylediğini zannediyoruz. Bazen, "olup biten" görmezden gelindiğinde, kültür de işe yaramıyor ve yalnızca içki masalarına meze oluyor.

Dağdaki 650 teröristi yok etmek çözüm değil. 1800'ünü de yok etmek çözüm değil. Her şeyden önce öldürmek çözüm değil. İnsandan söz ediyoruz. Elimize Öcalan'ı teslim ettiler. Dokunabildik mi? Dokunamazsın. Birine de binine de. Ona buna dokunmakla olmaz. Bunları temizlemekle olmaz. Mesele temizlik sorunu değil.. Neden kirlendiği... Arkasında kimin olduğu. Arkadakilere bulaşabiliyor musun.. Metin: Temizleyebiliyor musun arkadakileri?.. Bırak bunları, konuşamıyorsun bile. Ya biliyorsun konuşmuyorsun, ya bilmiyorsun. Şöyle ya da böyle ama hiç değilse konuşuyormuşun gibi yapma. Zira hepimiz aynı Bop'un soyuyuz.

Çözüm

Suriye'den elini çekeceksin.
Teröre maruz kalmış ülkelere düşmanlık değil, onlarla işbirliği yapacaksın.
Bop'tan işleri bırakacaksın.
Paşaları, yurtseverleri, aydın ve gazetecileri serbest bırakacaksın.
Amerikancı olmayacaksın.
Amerika'nın değil, kendi çıkarlarını gözeteceksin.
Çağdaş ve bilimden yana olacaksın.
Lafı çevirmeyi, politikayı döndürmeyi bırakacaksın.
Dünyayı öküzün boynuzundan indireceksin.
Kendi ülkenin karıştırılmasını istemiyorsan, başka ülkeleri karıştırmayacaksın.
Basının ve vicdanın hür olacak.
Eleştiriye açık olacaksın.
Ajanları, Amerikan üslerini ülkenden çıkaracaksın.
İkili oynamayacaksın.
Açık ve dürüst olacaksın.
Azınlık dediğin vatandaşlarımızı bağrına basacak, azınlık muamelesi yapmayacaksın.
Sermaye çevresini korkutmaktan vazgeçeceksin.
Vatan vazifesi, şehitlik mertebesi yalnızca fakir fukaraya bırakılmayacak.
Aksi takdirde Napoléon gibi Waterloo'da kış şartlarına yenik düşersin. Seni Allah bile kurtaramaz.

11 Kasım

Çok sevinçliyim bugün. Bu Ahmet Hakan kendini iyice deşifre etti artık. Cumhuriyet adına bütün Türkiye hazır ayaklanmış, binler milyonlar yollara dökülmüşken, kimin ne olduğunun net bir şekilde anlaşılması lazım. Ahmet'in ne olduğunu biz biliyorduk da, o gizlemeye çalışıyordu. Benim için artık, hükümetin yandaşı olduğu iyice netleşti. Bizim için, *Hürriyet* gazetesinde 6 Kasım Salı günü şöyle yazmış:

"MUHALİF KOMİKLERİN SEFALETİ"

Başlık bu... Zaten bu başlıkta bütün kompleksini, hırsını kusmuş.

"*KOMİK*" diyor bize. Bizi sıradanlaştırıyor. Yani aşağılama gayreti var. Ve de bizi *sefil görüyor*. Al sana bir aşağılama daha. Biz kim miyiz?

Türkiye'nin Nasreddin Hoca'larıyız.

Başlık şöyle devam ediyor; "MÜJDAT, LEVENT, İLYAS, FERHAN, FALAN"

Bir gazetecinin, köşe yazarının saygısızlığına, küstahlığına bakınız. Bizim için "falan" diyor. Yani falan filan... Kim bu falan filan? Müjdat Gezen, Levent Kırca, İlyas Salman ve Ferhan Şensoy... Zaten "falan filan" diye küçümsemesinin altında da kompleks ve hınç var. İnceleyelim yazısını:

1. "Mizahçı olmalarına rağmen çok gerginler," diyor.

Biz, salt komiklik yapan mizahçılar değiliz. Biz mizahımızda, "durum komedisi" dediğimiz, "kara mizah" dediğimiz, "görevci gülmece" dediğimiz güldürü kalıplarını kullanarak ülkenin ezilmişliğini mizaha konu eden komedyenleriz. Biz komediyi zayıfın güçlüye karşı silahı diye tarif ederiz.

2. "Bu arkadaşların, muhalefet ederken içinde bulundukları duruma cevap verecek, zekice bir yaklaşımları yok," diyor.

Bunu Müjdat Gezen, Ferhan Şensoy, İlyas Salman ve Levent Kırca için söylüyor. Zekâdan yoksun buldukları isimlere bakınız...

Açılım kahvaltısına davet edildiğinde Müjdat, "Şimdi yedim, karnım tok," diyen bir zekâ. Müjdat kim bilir sana ne cevaplar verecek şimdi. Bence sen baltayı taşa vurdun. Sen maşallah çok zekisin. Dördümüzü, beşimizi karşına alacak kadar üstelik de...

Ferhan'ın zekâsına gelince, acaba Ferhan'ın zekâsını kanıtlaması mı gerekiyor, diye sorarım herkese. Adam, Dümbüllü'nün kavuğunu devralmış bir zekâ.

Bana gelince, genelleme yapmış, Ak Parti'ye oy verenlere aptal dediler, diyor. Ben böyle bir şey söylemedim. Bana iftira ediyor. Varsa bir bildiği, ispat etsin. Eğer "Azınlık" oyununu lütfedip izlerse, AKP'ye oy veren kesimi irdelemeden geçmek değil; dünden bugüne ülke politikalarını, lider yaklaşımlarını ve onların hedefleri ile halkımızın beklentileri, istekleri ve bundan doğan sonuçların nasıl irdelendiğini gözlemleyebilirdi. Bunları bilmiyor ya da görmezden geldiği için bizi bir tek Silivri zindanlarındaki Cumhuriyetçilerin ilgilendirdiğini söylüyor.

"Temel dertleri ne?" diye soruyor Ahmet.

– Benim temel derdim, bugünkü hükümetin Türkiye Cumhuriyeti'ni yok etmeye çalışması. Bu bir.

– İkincisi, Atatürk Devrim ve İnkılâpları'nın yok edilmeye çalışılması.

– Bu konuda kadrolaşma.

– Atatürk resimlerinin kaldırılıp toplatılması.

– 23 Nisan / 19 Mayıs / 29 Ekim bayramlarının sinsice yasaklanması.

– Türk'ün, Türk'üm diyememesi; bunun Türkiyeli'yim söylemine dönüşmesi.

- Dinin siyasete alet edilmesi.
- Atatürk söylevlerinin okul kitaplarından çıkarılması, İsmet İnönü'nün ders kitaplarından çıkarılması.
- Okulların 4+4+4'le İmam Hatipleştirilmesi.
- Hukukun zapt edilmesi, yandaşlaştırılması.
- Başbakan'ın bölücü Amerikan BOP projesine başkanım demesi ve ülkeyi bölme uygulamaları.
- Müslüman komşumuz Suriye'ye, Amerikan siparişi, ısmarlama savaşa yönelik eylemler.
- Ülkenin kurumlarının yandaşlarla kadrolaştırılması.
- "Ucube" denilerek yıkılan heykeller.
- Yasaklanan karikatürler.
- Kapatılan tiyatrolar.
- Basına sansür ve yasaklamalar. (Gazetecileri Koruma Komitesi tarafından raporla kesinleşmiştir.)
- Mustafa Kemal'in askerlerinin hapsedilişi, 60 küsur gazetecinin ve milletvekilinin Atatürkçü ve Cumhuriyetçi oldukları için hapsi...

Benim itiraz ettiklerim bunlar. Senin dediğin gibi, bir tek tutuklular değil. Ama onların aciliyeti var. Benim maddelerimin bir numarası olmayı hak ediyorlar. Ben bu yüzden gerginim. Sen meslektaşların hapiste olduğu için gergin değil misin?

Bir de dönek gazeteciler var. Olayı çarpıtıp çamur atanlar, bilip bilmeden ısmarlama yazı yazanlar... Tıpkı senin bize yazdığın yazı gibi ama bu yazıda bence baltayı taşa vurmuşsun.

Bu arada eleştirme konusunda Tayyip Erdoğan'a gelinceye kadar akşam olur. Ben yalnızca onu eleştirmiyorum, 21 yıllık "Olacak O Kadar" programında, her başkanı, cumhurbaşkanını, genelkurmay başkanını oynamış, eleştirmişim. Bunlar belgelerle sabit. Türkiye'de darbeleri eleştirip hicvederek oynayan benim, keza Emniyet Teşkilatı'nı da. Süleyman Demirel'i, Turgut Özal'ı, Tansu Çiller'in jetskisini oynayan da ben değil miyim? Doğan

Güreş Paşa'ya etek giydiren ben değil miyim? Çevik Bir'i de, Hakkı Karadayı'yı da oynadım. Hepsi kayıtlı, belgeli... Sen kimi uyutup, neyi yutturuyorsun?

Gerçekler balçıkla sıvanmaz.

Şu anda oynadığım "Azınlık" oyununda dahi, Adnan Menderes'ten bu yana eleştire eleştire gelip, Tayyip Erdoğan'a dayanıyorum. Bugünden itibaren seni de katıyorum oyunuma, hatta son kitabım Önüm Arkam Sağım Solum Dönek'in son sayfaları da senin yazın ve benim sana verdiğim bu cevapla bitecek. Tamam, bu yazıyı ısmarlama yazdın anlıyoruz, ama yetersiz. Bütününde zekâdan yoksun. Bizden beklediğin zekâyı sen katamamışsın yazına. Ve bana biraz da, ben seni köşemde eleştirdiğim için biriktirdiğin hıncını kustuğunu görüyorum bugünkü yazında.

Ben seni nasıl eleştirmiştim, bir hatırlayalım. Sana dedim ki: Neden bir öyle, bir böyle yazıyorsun? Sen bu yazdıklarımın hangisisin? Sonra da şöyle devam ettim: Bir arkadaşım, "Ahmet Hakan'ı haftanın şu ve şu günlerinde okumuyorum. Çünkü o günlerde hükümete yaranacak yazılar yazıyor," diyor.

Seni eleştirdiğim diğer yazımı da hatırlayalım. Sana dedim ki: CHP Genel Başkanı'nın ve Türk halkının karşısında neden bacak bacak üstüne atarak, adeta yatarak program yaptın? Bir, edep yerlerini karıştırmadığın kaldı. Sadece hükümet yandaşlığı değil, biraz da bana olan öfken kusturdu seni. Benim için senin durumun bugün tam olarak netleşmiştir.

"Azınlık" oyunuyla turnedeyim. Bu akşamdan itibaren oyunuma seni de yerleştiriyorum. İstanbul'a geldiğimizde gel gör.

Ha bu arada, evet... Müjdat, ben, İlyas ve Ferhan'ın ortak yönleri yok mu? Var.

Biz mesela, senden gayrı, bir gün hükümetçi bir gün Atatürkçü değiliz. Her gün Cumhuriyetçiyiz, her gün Atatürkçüyüz.

Saygılarımla.

Levent Kırca

Kendimi İhbar Ediyorum

Eğer konuştururlarsa beni, oğlumun evlendiği gün şunları söylemeyi düşünüyorum:

Üç oğlum bir kızım var malumunuz. Oğullarımdan küçük olan yani Umut Kırca 15 Temmuz'da Bodrum'da mütevazı bir törenle evlenecek.

Evlilik törenleri önemlidir, kolay unutulmaz. Ardından ilk çocuğun doğumu unutulmaz. Tavuk kadar bir şeyi getirip tutuştururlar eline, ne yapacağını bilemezsin, kolunu kanadını koparacağım diye korkarsın... Ya düşürürsem, ya ona zarar verirsem... Çünkü o küçük, bana ihtiyacı var...

O elinde kanadından tuttuğun tavuğun her zaman sana ihtiyacı olacak. Sadece küçükken değil, büyüyünce de... Ta ki sen ölene dek. Onu elinden düşürerek de ona zarar verebilirsin, iyi yetiştirmezsen de ona zarar verirsin. İlkelerin olmalı, onurlu olmalısın, vazgeçemeyeceğin değerlerin, ödün veremeyeceğin inançların ve görüşlerin olmalı. Seni sen yapan bu değerleri öğretmelisin ona. Öğretmelisin ve karşılığını da beklemelisin. Elbette ki küçüğünü büyüğünü sayacak, her türlü canlıya sevgiyle yanaşacak. Özgür ve dürüst olacak. Özgür olabilmesi için başkalarının özgürlüğüne de saygı duyacak. Hayat sadece kuru fasulye ve pilav yemekten ibaret değil. İnsan, ülkesi özgür olmadan kendisi de olamaz... Bu önemli... Kendi haklarını koruyacaksın, çiğnetmeyeceksin. Ancak ülken özgür olursa, sen de olursun. Özgürlük kolay elde edilemez, çaba göstereceksin. Sen T. C. vatandaşısın, sen doğduğunda, özgürlüğü kucağında hazır buldun. Bilmelisin ki, onun senin kucağında olması için baban mücadele verdi. Deden de, atan da... Binlerce, milyonlarca insan şehit oldu bu uğurda. Ben çocukken Cumhuriyetimizin kurucusu Atatürk'ün Gençliğe Hitabesi'ni dikkatle okurdum. Bana hitap ettiğini düşünürdüm. Bana Cumhuriyeti koru diyordu... Ben de sana diyorum...

Düğününde, bu özel gecede yaptığım devir-teslim konuşması konuklarımızı memnun etmeyebilir. Böyle bir gecede, böyle bir konuşmaya ne gerek vardı; diye düşünebilirler.

Geçenlerde çok değerli bir dostumun kızının düğün töreninde oradaydım. Sadece konuk değildim, aynı zamanda şahittim. Hatta daha da fazlasıydım. Sadece o gecelik kızın babası olacağıma söz vermiştim. Yani vekâleten... Yani ertesi güne kadar... Peki kızın babası yok muydu, vardı. Ölmüş müydü, hayır yaşıyordu. Ama buna yaşamak denirse... Babası özgürlük mücadelesi verdiği için hapisteydi. Hani şu meşhur Silivri'de... Babası yurtseverdi, aydındı, Atatürkçüydü, Cumhuriyet sevdalısıydı... Ama ne yazık ki bu sevdası onu kızının evlilik töreninden uzak tutuyordu. Bu nedenle, bu onurlu babalık görevini bana devretmişti bir geceliğine. Benim aklım, hücresindeki arkadaşımdaydı. Arkadaşımın aklı da "kızının düğününde"ydi. Sadece bir mesaj gönderebilmişti. Çünkü telefon etmesi yasaktı. Mesajı ince bir kâğıda, kurşunkalemle yazmıştı. Kız, babasının mesajını ağlamaklı sesiyle okurken; elindeki ince kâğıt, meltemin etkisiyle, ellerinde tir tir titreyerek uçuşuyordu. Tıpkı bir beyaz güvercinin rüzgârda süzülmesi gibi...

BOP Eşbaşkanı'ndan söz ediyordu babası. Cumhuriyetin yok edilmeye çalışıldığını anlatıyordu. Artık Atatürk'ten söz etmek yasaktı. Bayramları, Gençliğe Hitabesi, silah arkadaşı İnönü de yasaktı artık. Gerçekleri yazmak da yasaktı, düşünmek de... Basın susmuştu, insanlar yandaştı. Serbest olan şeyler de vardı. Türkiye'nin bölünmesi, orduevlerine mollaların girmesi, tekke ve zaviyeler...

BOP Eşbaşkanı, Amerika'nın dediklerine sadece baş sallamamıştı. Bir de sözleşme imzalamıştı. Bu sözleşmeye göre Türk ordusunun etkisi azaltılacaktı. Ortadoğu'da sınırlar yeniden çizilecekti. Diyarbakır bizim topraklarımızda kurulacak bir ülkenin yıldızı olacaktı. Amerika çoktan yola çıkmıştı bile. Bu duruma kim dur diyecek? Ben diyeceğim... Sen dur diyeceksin, öğreteceksin, torunum da diyecek. Atatürk'ün benden istediğini bu gece sen devralıyorsun. Ülkene sahip çıkmalısın ki "özgür bir ülkede" torunun da "özgür" olsun. Benden söylemesi; mevcudiyetinin yegâne temeli budur. Bu kadar.

İster misin, oğlumun düğününde, torunumun özgürlüğünden bahsettiğim için BOP Eşbaşkanı'nın emriyle beni götürüp özel yetkili mahkemelerin kucağına atsınlar... Hatta oğlumu da "babasının oğlu" diye götürüp atsınlar içeriye... Henüz taslak halindeki torunum nedeniyle gelinimi de alsınlar...

Neden güldünüz? Doğu Perinçek aynı kara zindanda oğluyla birlikte yatmıyor mu? Hadi artık konuşmam bitti, söylediklerim gerçekleşmeden geçelim şu nikâh törenine...

Çevik Bir Paşa yazlık komşumdu. Bir akşam sordum kendisine, oğlum evlenirse şahit olur musunuz diye. "Evet," demişti, ne yazık ki içeride. Kılıçdaroğlu şahit olabilirdi ama onu da ben istemem. Çünkü BOP Eşbaşkanımızın muhalefet eşbaşkanlığını yapıyor. Görüyorsunuz ya ne günler yaşıyoruz. Şu sandalyeye oturup şahitlik edecek adam bırakmadılar memlekette. Hadi başkan kıy nikâhını. Bizim de "Allah" şahidimiz olsun.

Açıklama

Sayın yetkililer henüz bu suç oluşmadı. Oğlumun düğünü 15 Temmuz'da Bodrum'da. Bu yazı da, benim orada yapacağım konuşmanın taslağı. 15'ine kadar sabredebilirseniz eğer, aynı gece saat 22 gibi düğünü basarsanız, bana suçüstü yapabilirsiniz. Benden duymuş gibi olmayın ama kendimi ihbar ediyorum, haberiniz olsun. Benim gibilerin başını ezmek lazım.

Bir dost...

Not: Bu ihbar hizmetinin karşılıksız kalmayacağından eminim. Ya TRT'de 200-300 bölümlük bir dizi, ya da TOKİ'nin dere yataklarına yapacağı inşaatlarda hissedarlık... Fazlasında gözüm yok...

Sizin sanatçınız...

Şimdi de düğüne davet ettiğim kişilerden gelen telgrafları okuyorum:

1. Telgraf

Değerli mümin kardeşim,

Mübarek davetinizi besmeleyle açtım. Peşinen Allah mesut etsin diyorum. Bu gece çocuklarınızın gecesi... Ben 4 diyorum, hatta 4+4+4 diyorum. Aranızda olamayacağım.

Yatsı namazını kaçırmak istemiyorum.

Ben tek başıma gelsem bile 37 zırhlı araç, 9 kurşun geçirmez limuzin, 4 uçaksavar, 140 sivil ve 213 koruma ile gezmekteyim. Orada kalabalık etmiş olmayalım. Ayrıca herkesin içki içtiğini biliyorum. Yakında içkiyi de yasaklayacağım, nah içersiniz; diyor saygılarımı sunuyorum.

BOP Eşbaşkanınız Recep Teşrünsami

2. Telgraf

Değerli kardeşim,

Türkçe yazdığınız davet mektubunuzu aldım. President Tayyip zırnık İngilizce bilmediğinden ben Türkçeyi söktüm. Ne var ki ben yanınızda olamayacağım. Malum Ortadoğu'yu karıştırıyorum. Başından kalkarsam dibi tutar. Ben yokum ama bir CIA ajanım aranızda olacak, siz fark etmeyeceksiniz. President Tayyip ajanın hangi masada oturduğunu çok iyi biliyor.

Dünyanın başkanı,
Karanfilimi budama,
Benim adım Obama

3. Telgraf

(Son telgraf George Clooney'den)

Allah mesut ve bahtiyar etsin, torunlarınızın mürüvvetini görün inşallah. Ben köşkü terk edemiyorum, yokluğumdan istifade birini çökertirler yerime diye endişeleniyorum. Bu nedenle İngiltere Kraliçesi'ni şaşkına çeviren moda ikonu eşim Hayrunisa katılacak aranıza. Orkestra da bir ara "Gesi Bağları"nı çalarsa sevinirim.

4. Telgraf Kılıçdaroğlu'ndan...

Davetiyeniz geldiğinde hemen bir kurultay yaptık. Partimiz bu nedenle ikiye bölündü. "Ne haliniz varsa görün," dedim ve çıktım. Tam zamanında havaalanındaydım. Yürüyen merdivenlere ters bindiğim için çok vakit kaybetmişim. Derken Bodrum uçağının önüne geldim. Bir an için neden bu uçağa binmem gerektiğini unutmuşum. Biliyorsun, bir kere de oy kullanmayı unutmuştum. "Nereye Kemal Bey?" dediler, "Bodrum'a," dedim. Bindirdiler beni bir uçağa, meğer yanlış uçakmış. Şimdi Samsun Canik'te TOKİ'nin dereyatağına yaptığı binaların "bodrumundayım." Tayyip'i desteklediğim için, "bu nasıl inşaat böyle?" diyemiyorum.

Samsun Canik'ten sevgiler, saygılar.

BOP Eşbaşkanı'nın arkadaşı, Kemal... Hay Allah, soyadımı unuttum iyi mi?

5. Telgraf

Son davetiyem maalesef yerine ulaşamamış. Bana iletilen notta şöyle yazıyor.

"Gönderdiğiniz adresteki 'TSK' adlı kurum lağvedildiğinden yerinde bulunamamıştır. Davetiyenizi aynen iade ediyoruz. Bilgilerinize."

Yakında Atatürk'ü de yerinde bulamayabiliriz. Hatta Anıtkabir'i de...

Son Telgraf

Mahsuni'nin türküdeki çağrısına dayanamadım, bir daha Samsun'dan geliyorum. Bu kez Silivri'den başlayacağız yolculuğumuza. Hedefimiz gene Akdeniz olacak.

M. Kemal Atatürk

Not: Bu yazdıklarım yalnızca kurgudan ibarettir. Her ne kadar sürçülisan ettiysem affola.

İÇİNDEKİLER

Önsöz	9
Tepetaklak	13
Yer misin yemez misin?	17
Paket program	20
Yırtarım ben böyle yazıyı	23
Bana "Allah rahmet eylesin"	27
Çal oynasın, şişir patlasın	31
Uyumazsanız, büyüyemezsiniz	34
Kırkayak	38
Kovboyculuk oynuyoruz	42
Suçum suçsuz olmak	44
Sonradan görmenin tekiyim	48
Dün bugünden daha iyiydi	50
Kalbim küt küt atıyor	55
Biri bizi fena benzetti	58
Öldüm öldüm dirildim	61
Yok devenin başı	64
Durdurun dünyayı, inecek var	69
Hayat avucumuzda bir serçe kuşu: Uçtu uçacak	73
Benimle dalga geçmeye var mısınız?	77
Radyo dinliyorum...	82
Beni bu ülke sarhoş etti	85
Bir zamanlar Anadolu'da	89
Bir şeyden anlayıp anlamamak	91
Yazıya bak hizaya gel	95
Uğur Dündar	99
"Çok sıkı yönetim"	102
Kaliteli yaşamak bizim elimizde	106
Orhan Erçin	111

Okuduktan sonra yırtıp atın	114
Ağlanacak halimize zil takıp oynuyoruz	118
Kel başa şimşir tarak, buyur buradan yak	122
Dün gece yolda giderken çok tuhaf bir şey oldu	125
Bir ihtimal daha var	129
Ha Hasan kel, ha kel Hasan	133
Sen kendine kendin gibi bir hıyar seç	135
Ağlarsa anam ağlar gerisi yalan ağlar	139
Şaka yaptık, deyip salın içeridekileri	143
Dünyanın garip halleri	145
Polis peşimde... Neden mi?.. Az sonra...	153
Deveye boynun eğri demişler, nerem doğru ki demiş	157
Bir başkadır benim memleketim	161
Televizyon dizileri sizi uyutuyor	164
Yıktın ülkeyi eyledin viran, varayım haber vereyim sahib-i halka hemman	166
Ortalık başıboş köpeklerle dolu	168
Sinan Çetin	175
Ağlamak yok gülmek var dimdik durmak var gün o gündür	177
Metin Akpınar	181
11 Kasım	183
Kendimi ihbar ediyorum	187